LE *K* NE SE PRONONCE PAS

L'image de couverture est de Thao Nguyen Phan.

Souvankham Thammavongsa

LE *K* NE SE PRONONCE PAS

Traduit de l'anglais par Véronique Lessard

MÉMOIRE D'ENCRIER

À mes parents et à John, merci d'être là.

LE *K* NE SE PRONONCE PAS

Une note dactylographiée, pliée en quatre, épinglée sur la poitrine de l'enfant. Impossible de ne pas la remarquer. Comme pour toutes les notes qui revenaient à la maison avec l'enfant, la mère retira l'épingle avant de jeter le tout. Si c'était important, on appelait à la maison. Et il n'y avait pas eu d'appel.

La famille vivait dans un petit deux-pièces. Sur le mur de la pièce principale, il y avait une petite toile avec une courbe marron au centre qui se voulait un pont. Les taches rouges et orangées autour étaient censées être des arbres. C'était le père de l'enfant qui l'avait peinte, mais il ne peignait plus. La première chose qu'il faisait en rentrant du travail était d'enlever ses chaussures. Puis il remettait le journal à l'enfant, qui en dépliait les feuilles sur le sol pour former un carré, et autour du carré, ils s'asseyaient pour dîner.

Ce soir-là, il y avait du chou et des *chitterlings*[1]. Le boucher les jetait ou les vendait pour pas cher, alors la mère de l'enfant lui en achetait des sacs et des sacs qu'elle mettait au frigo. On les apprêtait de toutes sortes de façons : en bouillon avec gingembre

1 Mets fait à partir de l'intestin grêle du porc.

et nouilles, grillés sur feu de charbon de bois, en ragoût avec de l'aneth frais ou, comme les préférait l'enfant, au four avec de la citronnelle et du sel. Quand elle en apportait à l'école, les autres enfants la taquinaient, à cause de l'odeur. Elle leur répondait :

— Vous ne sauriez pas reconnaître une bonne chose même si vous l'aviez sous le nez !

Alors qu'ils s'asseyaient pour dîner, l'enfant songea à toutes les notes que sa mère avait jetées et pensa en apporter une à son père. Il y en avait eu tellement la semaine précédente, c'était peut-être important. Elle écouta son père qui s'inquiétait de son salaire, de ses amis et de leur gagne-pain dans ce nouveau pays. Ses amis, disait-il, avaient fait des études et avaient de bons emplois au Laos, et ils se retrouvaient aujourd'hui à cueillir des vers de terre ou à suivre les ordres d'adolescents boutonneux. Ils avaient dû repartir à zéro, comme si leur vie d'avant ne comptait pas.

L'enfant se leva, trouva la note dans la poubelle et l'apporta à son père.

Il agita la main.

— Plus tard, dit-il en lao.

Puis, comme se souvenant de quelque chose d'important, il ajouta :

— Ne parle pas lao et ne dis à personne que tu es lao. Ne va pas raconter d'où tu viens.

L'enfant posa les yeux sur la poitrine de son père, sur les quatre lettres au centre de son t-shirt : LAOS.

Quelques jours plus tard, la classe était en effervescence. Les filles étaient toutes arrivées vêtues de différents tons de rose, les garçons en costume sombre et nœud papillon. Miss Choi, l'enseignante de première année, portait une robe violette à motif de petites fleurs blanches et des chaussures à petits talons. L'enfant regarda son jogging vert. Un vert foncé, vert brocoli. Le tissu aux genoux, quelques tons plus clair, gardait sa forme même lorsqu'elle se tenait debout. Dans ce tableau de rose et de paillettes, de sacs à main assortis, de nœuds papillon noirs et de cols amidonnés, elle vit qu'elle n'était pas comme les autres.

Miss Choi, toujours à l'affût de quelque accroc, remarqua le vert que portait l'enfant et écarquilla les yeux. Elle se précipita vers elle et dit :

— Joy. As-tu donné à tes parents la note que j'ai envoyée à la maison ?

— Non, mentit-elle en fixant le sol où ses chaussures bleues tenaient sur un seul petit carreau.

Elle n'aimait pas mentir, mais il était inutile de mettre ses parents dans l'embarras. La journée se déroula comme prévu. Sur la photo de classe, l'enfant était assise un peu à l'écart, le panneau annonçant la cohorte placé devant elle. Le panneau était toujours au milieu dans ces photos-là, mais le photographe avait dû trouver le moyen de cacher les chaussures sales de l'enfant. Au-dessus du panneau, elle souriait.

Quand sa mère vint la chercher après l'école, elle demanda pourquoi tous les autres enfants étaient bien habillés, mais l'enfant ne le lui dit pas. Elle mentit, répondant en lao :

— Je ne sais pas ce qu'ils ont tous, dans leurs beaux habits. C'est un jour comme les autres.

L'enfant rentra avec un livre en anglais. Un livre à lire toute seule, pour s'entraîner. Il contenait des images et quelques mots. Les images étaient censées expliquer ce que disaient les mots, mais il y avait ce mot sans image associée. Il était là sur la page, tout seul, et lorsqu'elle prononçait chaque lettre, le mot ne ressemblait à rien de réel. Elle ne savait pas comment le prononcer.

Après le dîner, ils s'assirent tous les trois sur le sol nu pour regarder la télévision côte à côte. De dos, l'enfant savait qu'elle ressemblait à son père. On lui avait coupé les cheveux courts, en forme de bol. L'enfant avait les épaules affaissées et la colonne vertébrale voûtée comme si quelque poids lui pesait dessus, comme si elle savait ce qu'était une journée de dur labeur. Peu après, les images à la télévision se muèrent en bandes verticales aux couleurs de l'arc-en-ciel, ses parents iraient bientôt se coucher. D'habitude, l'enfant suivait ses parents, mais ce soir, ce qu'elle ne savait pas l'embêtait ; elle voulait savoir. Elle ouvrit le livre et chercha le mot. Celui qui ne ressemblait à rien de ce qu'elle connaissait.

Celui-là.

C'était sa dernière chance avant que son père aille au lit. Lui seul savait lire à la maison. Elle lui apporta le livre et lui indiqua le mot, demandant ce que c'était. Il se pencha au-dessus et dit :

— Ke-nn-aye-ffe. C'est Kenayf.

C'est ce que c'était, c'est le son que ça avait pour lui.

Le lendemain, Miss Choi fit asseoir la classe en cercle sur le tapis vert à l'avant de la salle, comme chaque fois qu'elle allait faire lire un élève à haute voix. Parfois, quelqu'un se portait volontaire et parfois, elle désignait un élève du doigt. Ce jour-là, Miss Choi balaya la classe du regard et s'arrêta sur l'enfant.

— Joy, tu n'as pas encore lu. Pourquoi ne nous lis-tu pas un passage de ton livre ?

L'enfant se mit à lire. Tout alla bien jusqu'à ce qu'elle arrive à ce mot. Il n'avait que cinq lettres, mais il aurait tout aussi bien pu en avoir vingt. Elle le prononça comme l'avait fait son père, mais elle sut qu'elle faisait erreur car Miss Choi ne tourna pas la page. Au lieu de cela, elle pointait le mot en tapant sur la page comme si par magie la bonne prononciation se ferait entendre. Mais l'enfant ne savait pas comment le prononcer.

Tap. Tap. Tap. Une fille aux cheveux jaunes finit par s'écrier :

— C'est *knife*[2] ! Le *k* ne se prononce pas ! et elle leva les yeux au ciel comme s'il n'y avait rien de plus facile au monde.

---

2 Le mot anglais *knife*, prononcé \naɪf\, signifie « couteau ».

C'était une fille aux yeux bleus et au nez constellé de taches de rousseur. À la sortie des classes, on voyait toujours sa mère klaxonner dans le parking au volant d'une grosse voiture noire brillante avec un *V* et un *W* enlacés dans un cercle. Sa mère portait un manteau de fourrure noire et des talons hauts comme si chaque jour était Jour de photo. Cette fille-là était comme les autres élèves de la classe, elle lisait haut et fort, gagnait des prix. L'enfant était la seule à ne pas en avoir encore gagné. Ce jour-là, Miss Choi avait ajouté un yo-yo rouge dans le sac. Si l'enfant avait su le mot, ce yo-yo rouge aurait été le sien, mais il resterait désormais sous clé dans le premier tiroir du bureau de Miss Choi.

Le soir au dîner, l'enfant observe son père. Elle l'observe ramasser chaque grain de riz avec les baguettes sans en échapper un seul, manger sans rien laisser dans son bol. Il lui semble petit et ratatiné.

L'enfant ne lui dit pas que le *k* de *knife* est muet. Qu'on l'a envoyée chez le directeur, qu'on lui a expliqué les règles et pourquoi les choses sont comme elles sont. Ce n'est qu'une lettre, lui a-t-on dit, mais cette simple lettre, là toute seule, la première du mot, était le motif même de sa présence chez le directeur. Elle ne raconte pas qu'elle s'est entêtée à dire que la lettre *k* n'était pas muette. Elle ne pouvait pas l'être, a-t-elle insisté :

— Elle est devant ! C'est la première ! Il faut qu'elle ait un son ! et elle a hurlé comme si on lui avait enlevé quelque chose d'important.

Elle n'avait pas renoncé à ce que son père lui avait dit, à ce premier son, là. Et aucun de ces gens, avec toute leur vie de lecture et de bonne éducation, ne pouvait l'expliquer.

En regardant son père manger, elle pense aux autres choses qu'il ne sait pas. Aux autres choses qu'elle devra découvrir par elle-même. Elle veut dire à son père que certaines lettres, même si elles sont là, on ne les prononce pas, mais elle décide que ce n'est pas le moment. Elle dit simplement à son père qu'elle a gagné quelque chose.

À la sortie des classes, Miss Choi l'attendait près de la porte. Elle pressa l'enfant de la suivre à son bureau, déverrouilla le tiroir du haut et sortit le sac de velours rouge.

— Choisis-en un, dit-elle.

Et l'enfant tendit la main et saisit la première chose que ses doigts touchèrent. C'était un puzzle, un avion dans le ciel.

Lorsqu'elle montre le prix à son père, il est ravi, car, d'une certaine manière, il a gagné aussi. Ils prennent le prix, toutes ses petites pièces, et commencent à former le contour, le ciel bleu, les autres pièces, le centre. L'ensemble, ils le compléteront plus tard.

PARIS

Le ciel était noir comme le centre d'un œil. Red[3] appuyait sur l'accélérateur, impatiente, attendant que le moteur se réchauffe. Elle n'arrivait jamais en retard au quart du matin. La camionnette pick-up était un tacot. Elle l'avait vue sur la pelouse de quelqu'un, une pancarte « À vendre » écrite au marqueur noir collée sur le pare-brise. D'une marque tout à fait quelconque. On appelle ça un pick-up[4], mais elle n'y ramassait jamais rien, juste elle-même. C'est peut-être la couleur qui avait attiré Red. Et l'idée de ce gros pick-up rouge dans le parking à l'abattoir. La plus belle chose sur tout le lot, et cette chose serait à elle. L'idée lui plaisait.

Red travaillait à l'abattoir comme à peu près tout le monde en ville. C'était son travail de plumer les poulets et de s'assurer qu'ils quittaient bien lisses sa station. Quand les poulets lui arrivaient, ils étaient déjà morts, les yeux bien fermés comme s'ils dormaient. Presque comme si ce qui se passait dans la pièce d'à côté ne se passait pas du tout. Parfois, elle aurait pu jurer avoir

3 *Red* signifie « rouge ».

4 La locution verbale *to pick up* signifie « ramasser ».

entendu les poulets – ce battement d'ailes soudain, désespéré, dans ce lieu où rien ne s'envolerait jamais.

Avant de sortir en marche arrière, Red se regarda dans le rétroviseur. Il ne montrait pas tout son visage, seulement ses yeux. Elle se souleva du siège conducteur, tourna la tête vers la droite, étudia son profil et tenta d'imaginer son visage avec un autre nez. Avec un nez différent, les choses seraient peut-être différentes à l'abattoir aussi. Surtout avec Tommy. Tommy, c'était son patron, son superviseur, marié et père de deux jeunes garçons. Il était gentil avec elle. Il lui donnait plus d'heures qu'à n'importe qui d'autre et la complimentait sur son travail.

— Bon travail, Red. Continue comme ça. On a des projets pour toi.

Quels projets exactement, elle n'en sut jamais rien. Juste qu'on en avait pour elle. Tommy lui achetait parfois un coca à la distributrice ou s'asseyait à sa table à la pause-déjeuner. Il ne se comportait pas de la sorte avec les autres filles qui travaillaient pour lui. Il ne s'intéressait pas à son corps. Il ne remarquait pas ce qui était là, ne se penchait pas tout près et ne murmurait rien. Ils bavardaient. Surtout de ses garçons et du voyage à Paris qu'il préparait pour lui et sa femme à la Saint-Valentin.

Nicole, la femme de Tommy, avait un nez que Red aurait voulu avoir. Un nez fin qui dépassait de son visage et pointait vers le haut. Toutes celles qui travaillaient à la réception avaient ce genre de nez.

Nicole venait toujours à la fête de Noël de l'abattoir vêtue d'un truc à la mode, dans un tissu exclusif, que personne d'autre ne portait. Le tissu épousait parfaitement ses courbes, souple, repassé, sans un seul faux pli. À ces fêtes, Nicole se tenait toujours en groupe avec les autres épouses des directeurs ou propriétaires de l'abattoir. C'était la seule occasion dans l'année où on voyait leurs épouses, là pour faire bonne apparence. Parfois, l'une d'entre elles venait saluer quelques-uns des travailleurs de la chaîne. Elle se présentait, serrait quelques mains, puis retournait dans un coin avec les autres épouses, comme si elle venait d'accomplir un grand acte de charité en se séparant ainsi de son groupe. Nicole ne faisait jamais rien de tel.

Chaque année à la fête, on servait du poulet frit. Qu'elle mangeait peut-être des morceaux de l'un des poulets morts qu'elle avait plumés ne dérangeait pas Red. En morceaux comme ça, il n'y avait pas de tête qui vous restait à l'esprit. Chaque année, elle avait hâte à cette fête et mettait ses plus beaux habits : un jean, une chemise à carreaux bleus et blancs et d'épaisses bottes noires de chez Canadian Tire. Ses vêtements n'étaient pas aussi chics que ceux d'autres filles, et ils ne découvraient pas grand-chose, mais il n'y avait pas grand-chose que Red voulait montrer.

Quelques années plus tôt, l'une des filles qui travaillaient sur la chaîne s'était fait refaire le nez. Ses lunettes tenaient maintenant sans élastique à l'arrière de sa tête. Chaque semaine après cela, la fille passait chez le coiffeur. Elle avait déjà un petit corps mince. « Mignonne », c'est ce que Tommy en disait. Bientôt, elle s'était vu donner plus d'heures, pour finir par travailler à la réception. La réception ! Dans cette ville, les filles avaient deux options : travailler à l'abattoir de poulets ou travailler à la Maison aux nichons. À la Maison aux nichons, au moins, une fille pouvait gagner de l'argent rapidement et déguerpir de la ville sans jamais regarder en arrière, ou trouver quelqu'un qui l'aimerait juste assez longtemps pour la sortir de là. Tous les hommes qu'on y rencontrait étaient célibataires ou en voie de l'être. À l'abattoir, la plupart des hommes étaient mariés, ou le seraient bientôt, à quelqu'un qui ne travaillait pas là.

Red savait que, pour elle, ce serait l'abattoir de poulets. Elle avait la poitrine plate et aucun sens du rythme. La façon dont les hommes ne la regardaient pas lui donnait l'impression que la Maison aux nichons n'était pas une option pour elle. À l'abattoir, on gagnait assez d'argent pour subvenir à ses besoins. Mais les grandes choses de la vie, les choses qui rendaient heureux, eh bien, on ne gagnait jamais assez pour se les payer.

Quelque deux ans plus tôt, la fille qui travaillait à la réception s'était tenue avec la femme de Tommy et les autres épouses à la fête de Noël de la compagnie, comme si elle était désormais l'une d'entre elles. Elles avaient toutes le même nez, en l'air comme ça. Les épouses ne parlaient pas à la fille et ne l'incluaient pas dans leur conversation. Quand tout le groupe éclatait de rire, le rire de la fille avait quelques secondes de retard. Puis elle ne travaillait plus à la réception. Quelque chose à voir avec Nicole et les autres épouses n'aimant pas trop la voir travailler là, avec leurs maris. On lui avait demandé de reprendre son poste sur la chaîne. Elle avait démissionné peu après, car elle avait eu mieux.

Lorsque le poste de réceptionniste se libéra, les femmes qui travaillaient sur la chaîne ne ménagèrent rien pour l'obtenir. Certaines se firent d'abord refaire le nez. Où elles avaient trouvé un chirurgien, Red ne le savait pas. Il n'y avait nulle part d'installations se prêtant à ce genre de choses. C'était peut-être pourquoi toutes avaient le nez différent : certains étaient légèrement arqués, guérissaient mal ou gardaient des cicatrices. Le nez d'une fille, lorsqu'elle parlait, bougeait dans tous les sens, suivant le mouvement de sa lèvre supérieure, comme s'il y était rattaché. La plupart des filles de l'abattoir se mirent à venir au travail avec les cheveux passés au fer à friser ou à défriser, en talons hauts et tenue de bureau. Elles enfilaient leurs vêtements de travail, le bonnet de douche en plastique et la jaquette blanche assortie, puis se rechangeaient dès la fin de leur quart. Elles étaient tellement chics, mais pour rien. Aucune d'entre elles ne décrocha le poste. On le donna à une fille tout juste sortie de l'école secondaire et dont le père travaillait à la réception.

Red gara sa camionnette dans le parking de l'abattoir, près de l'entrée. Il y avait une place plus près encore, mais elle était réservée aux employés de bureau. Elle aurait voulu prendre cette place-là plutôt que celle où elle s'était garée et s'imagina le jour où elle y verrait sa grosse camionnette rouge. Elle coupa le contact, sortit et marcha jusqu'à l'entrée.

Somboun fumait, debout dehors, seul. En la voyant arriver, il laissa tomber sa cigarette et l'écrasa sous sa chaussure. Puis il souffla dans sa paume pour sentir son haleine et cria :

— Hé, Dang !

C'est ainsi que ceux qui connaissaient bien Red l'appelaient. « Dang » veut dire « rouge » en lao. Ce n'était pas son vrai nom, juste un surnom qu'on lui donnait parce que son nez était toujours rouge à cause du froid. Elle détestait qu'il l'appelle par un surnom. Ça donnait une impression d'intimité entre eux, une intimité mal venue. Il disait « Dang » comme si une ampoule s'était allumée en lui, rendant Red responsable de ce qu'il pouvait voir de lui-même.

Où qu'elle soit dans l'abattoir, s'il était dans les parages, il fonçait droit sur elle, optimiste, espérant qu'il se passe quelque chose entre eux. Il était là lorsqu'elle pointait sa carte à l'arrivée, là lorsqu'elle pointait sa carte à la sortie. Il la suivait partout comme si elle transportait un sac de moulée. Elle se demandait s'il ne se lassait jamais de sourire autant. Elle se détournait, indifférente, mais il suivait son regard. Il avait remarqué son intérêt pour les filles qui se faisaient refaire le nez, remarqué qu'elle voyait bien que tout le monde s'en avisait aussi.

— Je ne comprends pas pourquoi tout le monde s'affole, disait-il. Pourquoi irais-tu te déformer le visage ?

— Elle est belle.

— Mais c'est du faux.

— Pour elle, c'est du vrai.

— Je ne comprends pas. Je ne comprends tout simplement pas.

— Je pense le faire aussi, tu sais, avait avoué Red un jour, avant de réaliser qu'elle n'aurait pas dû se confier à Somboun.

Maintenant qu'il savait qu'elle voulait quelque chose pour elle-même, il irait s'imaginer qu'il était en quelque sorte son ami.

— Non. Pas toi. Pas toi. Pas question.

— Pourquoi pas moi ? Tu crois que je ne veux pas être belle ?

— Pourquoi t'infliger ça à toi-même ? Tu es déjà belle.

Somboun avait parlé avec une conviction telle qu'elle s'était sentie mal pour lui. Comme il était nu et cru, le désir de Somboun.

— Qu'en saurais-tu ? Tu ne connais rien aux filles.

Somboun avait baissé la tête et dit doucement :

— Je n'ai pas besoin de connaître quoi que ce soit aux filles pour savoir ce qui est beau.

Il était si fier, et tout ça pour rien. C'était lui qui avait travaillé le plus longtemps à l'abattoir. Il avait commencé au secondaire, pensant que ça le mènerait à l'université. Dix ans plus tard, il travaillait toujours à l'abattoir à faire la même chose. C'est lui qui tranchait les cous dans l'autre pièce avant que les poulets n'arrivent à Red. Il les voyait encore vivants. Elle tremblait à l'idée de faire quoi que ce soit avec Somboun.

De quelle douceur un homme qui fait ce genre de boulot dans la vie est-il capable ?

Après cet épisode, la rhinoplastie restait le seul sujet de conversation que Somboun réussissait à soulever avec Red. Qui s'était fait refaire le nez, quand et si c'était bien fait. Red lui confia qu'elle ferait refaire le sien dès qu'elle aurait assez d'économies. Elle disait toujours :

— L'année prochaine, c'est sûr. C'est sûr.

Quand Red aperçut Somboun à l'entrée ce matin-là, debout en train de fumer comme toujours même s'il parlait souvent d'arrêter, vêtu du même uniforme terne, avec la même coupe de cheveux toutes ces années, il lui rappela toutes les choses qu'elle voulait pour elle-même, mais qu'elle n'avait toujours pas. Jour après jour, le fait de le voir au même endroit, dans les mêmes vêtements, la saluant du même geste chaque matin prouvait que, pour eux, rien n'avait changé. Rien n'était arrivé.

— Je ne l'ai pas fait ! lui cria-t-elle.

— Tu es belle comme tu es, dit-il, comme reprenant la conversation là où ils l'avaient laissée.

Comme si pour lui le temps ne comptait que lorsqu'ils étaient ensemble à parler.

En passant rapidement devant lui, elle dit :

— Merci, Sam.

Red savait qu'il détestait qu'on l'appelle par son nom anglais.

— Pas Sam, insistait-il, Somboun, prononçant les tons des voyelles comme un Laotien, refusant de faciliter la tâche à quiconque.

Mais il tint pour acquis qu'elle le taquinait et eut un large sourire. Savoir ce que quelqu'un n'aime pas, c'est en être proche.

— Hé, Dang ? l'appela Somboun, tentant de garder son intérêt et de lui emboîter le pas alors qu'elle entrait dans l'abattoir.

— Quoi ? répondit Red, exaspérée, peu disposée à l'encourager.

— Tu as su pour Khet ? Cancer. Ça s'est déclaré quelques mois après son opération. Peut-être à cause de ce qu'ils lui ont mis dans le nez.

Somboun trouvait toujours de bonnes raisons pour dire qu'il ne fallait pas se faire refaire le nez.

— Pense à ça, dit-il en souriant comme si le cancer était une bénédiction qui lui donnait l'occasion de parler à Red.

Elle accéléra le pas et le laissa bientôt derrière.

C'était la pause de midi. Ils n'avaient que vingt minutes. Assez pour aller aux toilettes et avaler quelque chose en vitesse. Red en profitait souvent pour être seule. L'odeur de la chair de poulet crue et des boyaux détachés, l'abattage et l'emballage à répétition lui faisaient parfois oublier qu'elle était en vie et qu'elle vivait aussi dans le monde. Elle sortait de la chaîne quand elle vit Tommy passer et taper sur l'épaule de l'une des filles qui travaillaient pour lui. Il faisait ça souvent. La fille était l'élue du jour. Red se dirigea vers la sortie. Peu après, Tommy et la fille sortirent et marchèrent vers la voiture de Tommy, où se déroulait l'acte. Red se demanda ce que ça faisait, d'être vue, de sentir la bouche de quelqu'un qui vous désirait. Peu importe si ce que

Tommy vous faisait n'était pas pour toujours. Il le faisait, et vous étiez quelque chose pour lui, l'espace d'un instant.

Alors qu'ils montaient dans la voiture, la femme de Tommy arriva.

Elle ne prit même pas la peine de se garer comme il faut.

Nicole portait un manteau de fourrure blanc, ses boucles blondes rebondissaient, encore chaudes du salon de coiffure. Elle portait du rouge à lèvres rouge vif et du fard à joues. Elle était très chic et très belle.

Elle engueulait Tommy, furieuse.

Puis elle le prit par le bras. Il se dégagea et la repoussa. Elle ne tomba pas. Elle s'accrocha à une manche, ses talons hauts blancs traînant dans la neige. Tommy n'avait que faire de ce qu'elle voulait. Il ferma la porte et partit avec la fille dans la voiture. Le bas du manteau de fourrure blanc de Nicole était sale de boue. Si Red n'avait pas tout vu, elle aurait pu prendre la boue pour de la merde. Elle aurait pu demander comment Nicole s'était retrouvée pleine de merde.

De là où elle se tenait, Red pouvait voir que le mascara de Nicole avait coulé, ses lèvres tremblantes ressemblaient maintenant à une bouche de clown. C'est pour les femmes comme Nicole qu'on a fait les films romantiques. Elles sont toujours la vedette de leur propre vie et finissent toujours pas avoir leur homme. Mais la beauté, pour tout ce qu'elle apportait et tout ce qu'elle exigeait en retour, semblait être un fardeau bien lourd à porter et à entretenir. Il y avait tant à perdre. À cet instant précis, Red se sentit reconnaissante d'être ce qu'elle était pour les autres : laide. C'est une chose que d'être laide et de ne pas le savoir. C'en est une autre de le savoir.

Cette déclaration publique d'amour, devant la famille et les amis, que Nicole et Tommy avaient faite, Red savait qu'il ne lui arriverait jamais rien de tel. Ce que Tommy faisait en dehors de cette promesse n'avait pas d'importance. La promesse avait été faite, et il y reviendrait toujours tôt ou tard.

Le seul amour que Red connaissait était cet amour simple, solitaire et sans complications que l'on ressent pour soi-même dans les moments de calme de la journée. Il était là, stable et solide dans les rires et les discussions sur les émissions de télévision, là avec elle entre les rayons de l'épicerie le week-end. Il était là chaque soir, dans l'obscurité, spectaculaire et expansif dans le silence. Et tout cela lui appartenait.

Nicole repéra Red et courut vers elle, l'attrapa et l'étreignit comme si elles étaient des amies de toujours. Elle enfouit son nez pointu dans le cou de Red, qui sentit la pointe sur sa peau. Nicole aurait probablement agrippé quiconque se tenait là. Probablement. Elles se tenaient dans les bras l'une de l'autre. C'était la première fois que quelqu'un était aussi proche de Red, que quelqu'un l'avait touchée. Les deux femmes pleuraient, mais pas pour les mêmes raisons.

BICYCLETTE

J'avais soixante-dix ans quand j'ai rencontré Richard. Il en avait trente-deux. Il m'a dit qu'il était un jeune homme et je n'ai rien répondu, car je ne savais pas vraiment ce que c'était que d'être un jeune homme, et si c'était une bonne chose ou pas. En janvier, il avait emménagé juste à côté de chez moi et ma petite-fille Rose. Rose n'avait à peu près pas mis les pieds à la maison cet été-là. Elle avait un nouveau mec et passait son temps chez lui, à l'autre bout de la ville.

Chaque samedi, il y avait une fête chez Richard. Au début, c'était pour pendre la crémaillère, puis c'était pour autre chose. La porte de son appartement était toujours ouverte, les gens entraient et sortaient à toute heure. Un jour c'était des tout-petits, jouant avec les lumières de Noël, faisant de petites sculptures, laissant les fils et les ampoules en bazar par terre. Un autre jour c'était des gens d'âge moyen rampant dans une tente-labyrinthe en boîtes de carton. Il y a même eu une fois où les invités avaient apporté leur bicyclette, et nous avons fait un tour de la ville. Comme je n'avais pas de vélo, il m'a prise sur le sien. Moi sur la barre devant le siège et lui pédalant. Il nous racontait des choses, des histoires personnelles de sa vie en ville. Il y était depuis quelques années. Pendant la promenade à bicyclette, il a parlé d'une femme qu'il avait un jour aimée. Il nous a montré où ils étaient partis sans payer, où ils s'étaient embrassés. Sa façon de raconter cette histoire, c'était comme si la ville lui appartenait. Plus tard, quand je passais devant tel bâtiment, tel coin de rue, ses histoires y étaient. Sa voix sombre jouait dans ma tête comme un vieux disque.

— L'amour n'existe pas. C'est une construction de l'esprit, m'a dit Richard un jour que j'étais allée chez lui. Un colis lui étant destiné avait atterri dans ma boîte aux lettres.

— Tu en connais, des gens amoureux ?

J'ai songé à Rose, qui se disait toujours amoureuse dès qu'elle rencontrait un nouveau mec, puis attendait près du téléphone toute la journée en pleurant. J'ai pensé à mes amis et à ma propre expérience. Nous avions tous connu l'amour, mais c'était arrivé il y a longtemps. Ce n'était pas quelque chose sur quoi se poser régulièrement des questions. Ça arrivait, et une fois que c'était arrivé, il ne servait à rien d'y penser trop.

J'ai dit :

— Peut-être n'as-tu pas eu le temps de connaître assez de gens.

Il m'a dit connaître beaucoup de gens. Des milliers, c'est ce qu'il a avancé. Je voulais lui répondre que nous ne parlions pas de la même chose, mais je n'étais pas certaine qu'il comprendrait. Quelques minutes se sont écoulées entre nous. Il a repris :

— Les gens se disent volontiers amoureux, mais ce n'est pas le cas. Je ne les crois pas. Ils croient devoir le dire parce que c'est ce qui se dit. Ça ne signifie pas qu'ils savent ce que c'est.

Du regard, j'ai fait le tour de son appartement. Il n'y avait pas grand-chose. Quelques chaises, un canapé abandonné qu'il avait traîné jusque chez lui, une table, et un petit modèle anatomique d'homme à l'intérieur duquel il y avait des morceaux de plastique. J'y ai plongé la main et en ai ressorti un petit truc marron de la taille de la gomme à effacer au bout d'un crayon. Je ne savais pas ce que c'était et je l'ai remis en place.

Richard aimait parler des femmes avec qui il avait couché. Deux d'entre elles ponctuaient souvent son discours: son ancienne colocataire, dont il nous avait parlé lors de la promenade à vélo, et une femme appelée Eve. Eve vivait maintenant à New York, mais revenait de temps à autre lui rendre visite. Il n'était pas amoureux d'elle, disait-il, ils étaient simplement de bons amis. Ils avaient été en couple pendant sept ans, mais ne l'étaient plus. La chimie entre eux avait disparu. Quand elle ne répondait pas à ses courriels ou à ses appels téléphoniques, il la cherchait sur Google.

Je lui ai posé la question:

— N'est-il pas possible que tu l'aimes encore?

Il a répondu que non, que pour être amoureux de quelqu'un, il fallait avoir envie de coucher avec cette personne, et ce n'était pas le cas. Il m'a demandé si j'avais couché avec quelqu'un dernièrement. J'ai pris mon temps pour répondre. Je savais bien qu'il n'avait que faire de quelqu'un qui n'avait pas de relations sexuelles. J'ai tenté de me souvenir de la dernière fois. Je n'ai jamais couché qu'avec mon mari. Il est mort il y a trente ans. Crise cardiaque. Sans préavis. Trente ans, c'est toute une vie pour certains. Je n'avais pas eu de rapports depuis si longtemps que je pensais pouvoir me considérer comme vierge à nouveau. Je ne me rappelais même plus comment ça se passait.

Richard savait comment. Il parlait tout le temps de ses rapports sexuels. Avec des centaines de femmes, disait-il.

— C'est facile. Il suffit de demander. On ne sait jamais. Si on me dit non, je ne m'en fais pas. Elle a dit non, il n'y a pas plus clair. Il y en aura toujours qui diront oui. C'est juste pour le plaisir de le faire. Ça n'a pas besoin de signifier quoi que ce soit.

Richard n'était pas bel homme, mais il agissait comme si.

— Je suis plutôt bien. De toute façon, l'apparence n'a rien à voir. Les beaux ne font parfois rien au lit. Ils se contentent de rester allongés. Ce qui est bien, c'est quelqu'un qui a de l'imagination, du désir. Il n'y a rien de mieux.

Un soir, Richard a fait une fête pas comme les autres. Il n'y avait rien à manger, et la fête a commencé tard en soirée. Il y avait une bouteille en verre vert au milieu de la pièce, sur le sol dégagé de tous les meubles, qui étaient empilés sur le côté. Richard parlait bien, mais je ne l'avais jamais vu avec une femme. Je savais à quoi servait la bouteille.

J'ai promené mon regard autour de la pièce, sur les quelque vingt-cinq personnes rassemblées, pour voir s'il y avait quelqu'un sur qui j'espérais que la bouteille s'arrête. Il n'y en avait pas, mais je voulais quand même jouer. Quand j'ai fait tourner la bouteille, elle s'est arrêtée sur une belle femme blonde. Une avocate. Elle était encore en tailleur. Je l'ai embrassée sur le front, comme à une petite fille, et tout le monde a ri. Richard a dit :

— N'est-elle pas adorable ?

Je détestais qu'il ait dit cela. Je ne voulais pas être adorable. J'étais vieille, je le savais, et on m'avait traitée de beaucoup de choses, mais « adorable » me tapait sur les nerfs. J'ai regardé s'embrasser ceux que la bouteille désignait. Au bout d'un moment, c'est devenu lassant. Les invités pensaient de même et se sont mis à partir. Je ne me souviens pas qui d'autre jouait ni qui embrassait qui. Tout ce que je voulais, c'était que ça tombe sur Richard. Chaque fois que c'était le cas, il embrassait toujours longuement la personne désignée. Il a embrassé un homme qui avait un gros ventre, puis une danseuse, puis plusieurs autres. Il les embrassait tous avec la même tendresse. Richard m'a dit :

— Tu peux rentrer chez toi, si tu veux. Nous allons continuer à jouer. Ça pourrait devenir ennuyeux.

Mais je ne voulais pas encore rentrer chez moi. C'était le début de l'été et je voulais qu'il m'arrive quelque chose.

Nous n'étions plus que trois. L'autre femme s'appelait Lorrie. Elle travaillait dans une galerie d'art. Lorrie se comportait comme une petite fille, elle gloussait, mâchouillait une mèche de ses longs cheveux, rougissait. Richard a fait tourner la bouteille verte et cette fois, c'est tombé sur moi. Il a ri et dit :

— Rien ne t'oblige à le faire. Tu peux dire non.

Mais je ne voulais pas dire non. Il était assis jambes croisées sur le sol, je me suis penchée. Il mâchait un chewing-gum à la menthe verte. Quand nous nous sommes arrêtés, Lorrie était partie.

— Il est trois heures du matin. Tu devrais rentrer chez toi, a-t-il dit, du ton d'un bon ami veillant sur moi.

J'ai eu l'impression que Richard n'aimait pas que je sois là en cet instant précis, seule avec lui. Comme s'il avait peur des désirs d'une vieille femme.

— Je n'en ai pas envie, ai-je répondu.

Je ne sais pas pourquoi j'ai dit ça. Peut-être juste pour voir ce qu'il ferait. Il était homme et je m'ennuyais.

Sa chambre était propre et tranquille. J'ai dit :

— Peux-tu te déshabiller ? Je veux voir.

Ça m'a surprise, qu'il obéisse. Il n'a pas dit que c'était une mauvaise idée. Il se tenait là, nu, et il était beau, comme les femmes sont belles. Il avait du poil sur la poitrine et aux jambes. Je n'avais pas vu de poils sur un torse depuis longtemps et j'ai tendu la main pour toucher. Il a fermé les yeux et respiré profondément. C'était si facile. Il s'est assis sur le lit et je me suis assise sur lui. Il n'est pas entré profondément, mais m'a tenue là. J'étais censée me laisser descendre. Mais je ne l'ai pas fait. Je pouvais aller aussi loin que je le voulais. Le soleil du matin a pénétré et il a dit :

— Il faut arrêter.

Je n'en voulais rien. J'aimais voir le visage de Richard comme il me tenait là. Il avait l'air effrayé ou sur le point de pleurer. Puis il m'a soulevée de lui et s'est retourné pour que je ne puisse pas voir son visage. Il a dit :

— Il faut que tu t'en ailles. J'ai envie de te baiser.

C'est pourquoi je ne voulais pas m'en aller. Parce que c'est ce qu'il voulait.

Après cette nuit-là, je n'ai pas revu Richard pendant quelques semaines. Il faisait ses fêtes et les gens allaient et venaient. Je les entendais parler à travers les murs, les femmes, aussi. Je voulais savoir ce que ça faisait d'avoir un tel son dans la bouche. Mais je n'entendais que les femmes. Lui restait silencieux, respirant calmement, sans doute.

Je lui ai demandé pourquoi il ne faisait jamais de bruit, pas même un grognement.

— Je me concentre, a-t-il répondu.

Il parlait toujours comme ça. Aisément. Il m'a raconté ce que ça lui faisait, à lui, un homme, et ce que c'était que de faire l'amour avec une femme. Je n'en avais jamais rien su. Il m'a dit des choses que j'aurais aimé que ma mère me dise. Je voulais savoir comment il parlait aux femmes, les persuadait d'entrer chez lui, les déshabillait, comment il savait où se mettre, si c'était pareil chaque fois. Il demandait toujours. Puis-je faire telle ou telle chose? Ça te va? Ça te plairait? La façon dont il décrivait tout ça, c'était comme si je l'avais fait aussi, comme si j'avais été là en elles, exactement comme lui, un homme. Pas de métaphore, pas de graines, de sol fertile et de fleurs qui poussent. Juste les faits.

Après le départ de Rose pour le week-end, j'ai frappé à la porte de Richard. J'ai tourné la poignée et je suis entrée.

J'ai entendu couler la douche et quand Richard est sorti, il a dit:

— Tu as faim?

Juste comme ça. Comme s'il m'attendait depuis le début. Il savait cuisiner. Je l'ai regardé sortir les assiettes, la casserole, ouvrir les placards, le frigo.

J'aimais le fait qu'il ne m'en voulait pas pour ce qui s'était passé la dernière fois, quand nous avions été si près.

— Pourquoi t'en voudrais-je? a-t-il dit. Ne baise pas avec des types qui s'énervent pour ce genre de chose. Il a souri et ajouté: J'ai aimé que rien ne se passe vraiment. Nous étions tout près. C'est la meilleure partie. Être aussi près. Et que rien ne se passe.

Peu après, nous étions assis au bord du lit. J'étais au-dessus, Richard entre mes jambes. Je l'ai embrassé. Tout doucement au début. Puis plus fort. Il a éloigné ses lèvres des miennes. Sa bouche était ouverte et il respirait fort. Il a incliné la tête vers l'arrière quand je me suis penchée en avant. Nous étions si près, respirant dans la bouche l'un de l'autre. Puis je me suis laissée descendre sur lui et j'ai dit, avant d'aller plus loin :

— Tu veux que je me retire ?

Je voulais dire « que j'arrête », mais il savait ce que je voulais dire et pourquoi je l'avais dit ainsi. Il a ri et dit :

— Non, non. Grand Dieu, non.

Ses lèvres étaient rouges, ses joues roses.

— Dis-moi que tu m'aimes, ai-je dit. Même si ce n'est pas vrai. Dis-le.

Il a obéi. Je voulais sentir à nouveau ce que c'était que d'avoir quelqu'un en moi, alors je l'y ai poussé.

C'était la fin août et Richard faisait moins de fêtes. Nous passions plus de temps seuls ensemble. Je disais oui chaque fois qu'il m'appelait pour m'inviter chez lui. Je savais ce qu'il voulait, et je le voulais aussi. Parfois, nous passions toute la journée ensemble, sans échanger un mot. Nous n'avions pas grand-chose à dire, étant donné ce que nous faisions. Ce que j'aimais du sexe avec lui, c'était que ça se passait lentement, que c'était long, qu'il attendait que mon corps réagisse. Nous nous y mettions généralement alors qu'il faisait sombre dehors, nous arrêtant lorsqu'il faisait déjà clair. Il m'a confié :

— Tu devrais te trouver un petit ami. Moi, je ne peux pas être ton petit ami.

Mais je ne voulais pas de petit ami, peu importe ce que ça voulait dire de nos jours. Je voulais ce que j'avais là. Je n'ai rien dit. Je l'ai juste regardé s'habiller. Puis il s'est tourné vers moi et m'a demandé si je voulais l'accompagner voir son amie Eve le lendemain. Elle était en ville et souhaitait lui présenter son nouveau petit ami. Il ne voulait pas y aller seul.

Le lendemain matin, j'ai attendu sous le porche dans une petite rue pendant que Richard entrait chercher Eve. Elle était à l'arrière de la maison, à la cuisine. Elle m'a fait signe d'entrer. Elle avait de longs cheveux noirs brillants et les yeux bruns. Elle a expliqué que son petit ami était à l'étage en train de prendre une douche et qu'il nous rejoindrait dans quelques minutes. Richard a interrogé Eve sur son nouvel homme, la taquinant à son sujet et sur le fait qu'elle était amoureuse. Puis il a dit :

— Eh bien, je suis amoureux, me montrant du doigt. D'elle.

Nous avons ri, Richard et moi, comme si c'était une blague entre nous deux et qu'Eve n'était pas dans le coup. Une blague permet de faire ça, de cacher ce qu'on ressent et de penser ce qu'on dit tout à la fois, et personne ne demandera si c'est l'un ou si c'est l'autre.

Daniel, le petit ami, est descendu en short kaki uni et en t-shirt blanc qui lui moulait la poitrine.

— Salut tout le monde, comment ça va ?

Richard a répondu pour lui-même. Je n'ai rien dit, et ça n'avait pas l'air d'avoir d'importance.

Nous avons joué à des jeux de société et aux charades tout le reste de la matinée. La conversation entre Eve et Richard laissait peu de possibilités de se joindre à eux. Ils faisaient des allusions, racontaient des blagues, des histoires sur l'autre par bribes décousues que leurs éclats de rire empêchaient de recoudre. Ils ne prenaient pas la peine de s'expliquer, affirmant qu'il aurait fallu y être pour comprendre. Je n'étais pas née d'hier. Je savais ce qui se passait. Richard ne soupçonnait pas qu'Eve jouait avec lui, montant les deux hommes l'un contre l'autre.

Je me suis levée et je suis sortie sous le porche. Il n'était que quinze heures. Je songeais à rentrer chez moi quand Daniel est sorti fumer. Il a allumé sa cigarette et nous avons observé les arbres autour de nous. Leurs feuilles espacées ondoyaient, viraient à gauche puis à droite au gré du vent. On aurait dit un banc de poissons dans le ciel bleu. Une incongruité. Nous ne savions pas quoi nous dire. Nous étions là en même temps, voulant la même chose, même si pas de la même personne. Si quelqu'un savait ce que c'était que de voir aller ces deux-là du dehors, c'était bien Daniel.

Au bout d'un moment, il s'est tourné vers moi :

— Tu as déjà vu une tornade ?

Je lui ai répondu que non. Il a hoché la tête et ajouté :

— Ça détruit tout. On peut la voir venir au loin. La plupart des gens cherchent à se sauver en catastrophe. D'autres la voient venir et ne peuvent s'empêcher de regarder.

Je n'ai rien dit. Puis il m'a fait un clin d'œil.

Plus tard, Richard a cru que ce serait une bonne idée d'aller se promener en ville à bicyclette. Eve et Daniel n'en avaient pas envie, et nous nous sommes retrouvés à deux. Nous avons pris le même arrangement qu'auparavant, moi sur la barre devant le siège pendant qu'il pédalait. Comme ça, sans casque. Je n'avais pas peur d'avoir un accident. C'est ce que ça faisait alors, être avec Richard. Je ne pensais pas à ce qui m'arriverait, à ce à quoi l'avenir ressemblerait. Je l'habitais.

Richard nous a conduits, loin de la foule au quai du ferry, suivant le chemin qui mène hors de la ville jusqu'au lac. L'eau était polluée et il était interdit de se baigner, mais il l'a fait quand même, disant qu'il n'y avait pas de mal. Il s'est éloigné à la nage, restant toutefois assez près pour je que le voie faire semblant de se noyer en agitant la tête et les bras dans tous les sens, puis nager plus loin et recommencer son manège.

De retour à son appartement, il m'a confié que son amitié avec Eve était en train de changer. Elle faisait sa vie, sans lui. Elle ne laissait plus tout tomber simplement pour le voir.

— Je devrais l'épouser, a-t-il dit. Je l'aime et je ne veux pas la perdre.

Je ne lui ai pas dit quoi faire. Je n'ai pas demandé ce que cela signifierait pour moi.

Il a enlevé ses vêtements, puis les miens. L'après-midi l'avait changé. Il avait toujours été très tendre avec moi, mais il l'était encore plus maintenant. Il s'est allongé sur le lit et a fermé les yeux. Je l'ai pris en moi. Lentement. Il a dit :

— Oui.

Je voulais mettre quelque chose en lui que nous puissions tous deux voir entrer et sortir. J'ai mis un doigt dans son nombril, et il a fait tellement de bruit, comme les femmes avec qui je l'entendais à travers le mur de l'appartement. J'étais silencieuse, je respirais, j'absorbais tout. Il a haleté comme si quelque chose était sur le point de lui arriver. Il s'est redressé et m'a attirée à lui. Il m'a embrassée très fort et ne s'est pas retiré. Nous avons continué comme ça, face à face. « Je t'aime », répétait-il.

Il m'a demandé de dormir chez lui, mais je n'ai pas voulu. Je l'ai regardé avec une tristesse qu'il ne pouvait pas voir. Je ne voulais pas être avec quelqu'un qui pouvait faire ça, qui pouvait nier ce que j'étais. Il avait le temps d'avoir des regrets, d'être stupide. Moi pas. Et quand il s'est détourné de moi, je ne sais pas pourquoi j'ai fait ce que j'ai fait. J'ai tendu la main et j'ai pris une pièce à l'intérieur du modèle anatomique. L'estomac. Un petit truc en plastique. Il était faux, bien sûr, mais il était là, c'était déjà quelque chose.

Je suis rentrée chez moi et j'ai été surprise d'y trouver Rose. Elle m'a demandé d'où je venais et a dit qu'elle savait que je passais beaucoup de temps avec le type d'à côté. Elle a dit :

— Il ne t'aimera jamais, tu sais. As-tu oublié ton âge ? Regarde toutes tes rides.

C'est ça le truc quand on est vieux. On ne sait pas qu'on a des rides tant qu'on ne les voit pas. Être vieux, ça se passe à l'extérieur. C'est quelque chose que les autres voient à notre sujet. Je ne comprenais pas pourquoi elle me parlait de la sorte. Ça n'avait peut-être rien à voir avec moi. Je n'ai rien dit. J'avais l'impression qu'elle avait bu, alors je l'ai laissée parler. Au bout d'un moment, je n'entendais plus rien de ce qu'elle disait.

J'ai vu Richard une dernière fois, plus tard cette année-là, en octobre. Aux funérailles de Daniel. Richard était là, avec Eve, la soutenant, la tenant dans ses bras, comme le ferait un partenaire. Il m'a semblé étrange de le voir retourner auprès d'elle ; étrange que nous ayons fait ce que les gens qui s'aiment font, et que je garde l'impression que rien de tout cela ne s'était jamais produit. Mais ce n'était pas seulement lui. Quel genre de personne était Eve, pour voir l'amour de quelqu'un d'autre et accepter de faire comme s'il n'existait pas ? Mais au bout d'un certain temps, ça n'avait plus d'importance.

J'ai regardé le cercueil fermé et j'ai pensé à ce que j'avais lu dans les journaux au sujet de Daniel et de comment il était mort. Il était bon nageur, en excellente forme, mais il avait fait très froid. Il avait dû avoir une crampe et s'était noyé. J'ai pensé à lui et à toute sa vie, comme elle avait été courte. Quarante ans. C'est peu de temps. Je l'avais vu aimer quelqu'un et être prêt à attendre. Je me suis demandé si, dans la vie, on a un rôle principal à jouer, un message à transmettre, et lorsque c'est fait, il est temps de partir. J'ai pensé à ce que Daniel avait dit sur les tornades. Il avait tort à mon sujet. Nous n'étions pas pareils. Je n'ai pas attendu. Je ne suis pas du genre à regarder les choses se produire au loin.

Les amis de Daniel et les membres de sa famille se levaient tour à tour pour raconter des anecdotes à son sujet. Je n'ai pas fait de même. Ça ne regardait personne. Je suis partie. Je me suis retournée pour voir le noir que tout le monde portait. Je n'aurais pas su dire lequel était Richard. Je commençais à oublier son visage.

Un jour que je marchais dans la rue devant mon ancien immeuble, Richard m'a hélée. J'approchais alors de quatre-vingts. J'ai regardé à travers lui et fait demi-tour. Je voulais être au loin, belle et sombre, filer seule, le champ libre. Je ne voulais pas qu'il s'approche. Rien, pas même l'écho de mon nom, ne saurait m'arrêter.

RANDY TRAVIS

La seule chose que ma mère aimait du nouveau pays où nous vivions, c'était la musique. On nous avait donné une petite radio dans la trousse de bienvenue du programme d'installation des réfugiés. La trousse comprenait bien d'autres choses, comme des pantalons de neige, des mitaines et des sous-vêtements neufs, mais c'était la radio que ma mère chérissait par-dessus tout. Un boîtier en métal à cadran qui captait deux ou trois chaînes. Le bouton du volume n'avait que trois positions, puis n'allait pas plus loin vers la droite. Elle tenait la petite radio à l'oreille comme un coquillage. L'animateur parlait toujours brièvement entre les chansons, laissant échapper un rire çà et là. Un rire, dans n'importe quelle langue, était un rire. Son rire était doux, intime, accueillant. On avait l'impression que lui aussi était seul quelque part. Reconnaissante d'avoir le son d'une voix humaine et de la musique pour lui tenir compagnie, elle écoutait la radio sans arrêt pendant que j'étais à l'école et mon père au travail.

Ma mère aimait particulièrement la musique country américaine, qui lui rappelait la façon dont les femmes de sa famille parlaient entre elles. Ça lui était familier. Les prières, les ragots, les rêves de la grande ville, ce que c'était que de venir d'un lieu dont personne n'avait jamais entendu parler. Les chansons racontaient toujours une histoire facile à suivre, des cœurs brisés, des histoires d'amour, un amour promis à la vie à la mort, amen. Ma mère ne savait pas ce que signifiait amen, mais elle devinait que c'était quelque chose qui se disait à la fin d'une phrase pour en indiquer la fin.

— Trois pommes, amen, disait-elle à l'épicerie.

Pour cette raison, nos voisins la pensaient chrétienne, et même si notre famille était bouddhiste, elle allait à l'église avec eux tous les dimanches. Elle se faisait aisément des amis, avait le sourire facile et s'exerçait volontiers à parler anglais.

À l'église, selon ses dires, on mangeait un rond de pain plat et buvait une gorgée de vin rouge et un homme parlait le reste du temps. Elle ne savait pas exactement de quoi il parlait, mais il parlait pendant un bon moment. Parfois, juste pour donner à ses mains quelque chose à faire, elle prenait le lourd livre devant son siège et l'ouvrait. Elle ne comprenait pas toutes les paroles des chants, mais bougeait tout de même les lèvres. Comme à la cérémonie de citoyenneté. Que vous compreniez ou non le serment que vous prêtiez, vous deviez bouger les lèvres.

Au bout d'un moment, elle a semblé s'en désintéresser. Elle n'a pas dit pourquoi.

Quand mon père a reçu son premier chèque de paie, il a voulu acheter quelque chose qui n'était pas de première nécessité. Nous vivions dans un nouveau pays. Il nous était permis de rêver de posséder quelque chose de luxueux. Ma mère a suggéré une voiture pour qu'il n'ait pas à prendre le bus jusqu'au travail, mais c'était au-dessus de nos moyens. Ils ont pensé aller dans un restaurant chic comme ceux où leurs amis les emmenaient, mais ils n'aimaient pas la façon dont on cuisait les steaks, des tranches épaisses frites dans du beurre. Pas de sauce de poisson, d'herbes et de sauces piquantes sur la table. Ils ont évoqué l'idée de se procurer une base de lit en bois pour y poser leur matelas, mais les lits étaient faits pour y dormir, pas pour épater la galerie. Mon père aurait pu acheter bien des choses avec son premier chèque de paie, mais il a fini par arrêter son choix sur un tourne-disque. Au Laos, seuls les riches en avaient.

Ma mère aimait le contrôle que lui procurait le tourne-disque. Avec la radio, elle devait attendre pour entendre ce qu'elle voulait. Des jours pouvaient s'écouler avant que sa chanson préférée ne repasse. Maintenant, elle pouvait poser l'aiguille sur le disque noir et le regarder tourner et tourner. Écouter ses chansons favorites quand bon lui semblait. Elle n'est plus jamais revenue à la radio.

Plus tard, quand nous avons eu les moyens de nous payer une télévision et un magnétoscope, elle enregistrait les remises de prix de musique country. Après la lecture des candidats en lice, elle criait son choix de gagnant. Si elle se trompait, elle mémorisait les gagnants de chaque catégorie et repassait l'émission en criant le nom du bon gagnant. Chaque fois que Dolly Parton était dans la liste, elle la choisissait, et elle avait chaque fois raison. Elle s'écriait :

— J'ai gagné !

Je ne comprenais pas pourquoi elle faisait ça. La seule chose qu'elle gagnait, c'était d'avoir eu raison.

Les chansons que ma mère aimait le plus étaient celles de Randy Travis. Chaque fois qu'un nouveau clip de Randy Travis apparaissait à la télévision, elle appuyait tout de suite sur le bouton d'enregistrement, et tout le reste lui échappait. Elle s'agenouillait, le visage près de l'écran, rembobinait, faisait rejouer, le regardant chanter encore et encore. Avec le temps, les symboles sur les boutons se sont graduellement effacés.

À cette époque, elle avait cessé de se soucier des choses qu'elle faisait habituellement dans la maison. Les vêtements étaient propres, mais pas pliés, la vaisselle était lavée, mais pas séchée ni rangée. Puis, elle a découvert les repas congelés. On les réchauffait en quelques minutes. Ces repas ont été mes préférés pendant un certain temps. C'était ce que tous mes amis mangeaient à la maison. J'adorais le steak-maïs-purée de pommes de terre et le poulet rôti. Pas mon père. Il voulait de la salade de papaye, du padek, du chou fermenté, du boudin et du riz collant. Mais ces plats prenaient des jours à préparer ; on trouvait les ingrédients au marché du quartier chinois, ce qui supposait un long trajet en bus. Il fallait du temps pour faire fermenter la sauce de poisson, pour mariner et découper en morceaux un poulet entier, et pour faire tremper le riz. Du temps que ma mère voulait passer à écouter Randy Travis chanter.

Mon père n'était pas du tout comme Randy Travis. Personne ne remarquait qui il était ni comment il gagnait sa vie. Il n'employait jamais le mot amour et ne montrait pas ses sentiments. Pour l'anniversaire de ma mère, il lui offrait quelques billets de vingt dollars. Pas même une carte ou des plans de soirée. Il pensait que, puisqu'il était là, c'était tout ce qu'il fallait pour lui montrer son amour. Il pensait que son silence était de l'amour, que sa retenue était de l'amour. Le dire à haute voix, l'afficher si ouvertement, c'était de l'effronterie. Il pensait que toutes ces longues plaintes d'amour étaient ridicules. Quel genre d'homme était Randy Travis, avec sa bonne santé, son look, sa célébrité et son argent, pour avoir de quoi se plaindre ?

Un matin, ma mère m'a donné un peu d'argent pour acheter un de ces magazines jeunesse Bop, où figurerait à l'arrière une adresse postale pour Randy Travis. Elle a sorti une carte imprimée avec un cœur rose sur le devant, mais comme elle ne savait ni lire ni écrire l'anglais, elle m'a demandé de lui écrire un mot en son nom. Je ne savais pas quoi écrire. Je devais avoir sept ans. Que savais-je des mots de l'amour adulte ? Elle enroulait quelques mèches de cheveux autour d'un doigt et gloussait par bouffées pendant que je restais là, incapable de décider comment même commencer une phrase à l'intention de Randy Travis. Je n'aimais pas comment elle se comportait et j'avais peur de ce qui arriverait à mon père si Randy Travis lui répondait.

J'ai donc écrit : Je ne t'aime pas.

Ma mère ne saurait jamais ce que j'avais écrit.

Je lui ai dit que j'avais écrit *I love you forever and ever*[5], comme dans sa chanson.

Elle a souri, puis signé son nom en bas. Nous avons envoyé des tonnes de ces cartes à Randy Travis, et bien que personne n'ait jamais répondu, ma mère insistait pour que nous continuions. Pour m'inspirer, je pensais à ce qu'il y avait d'écrit dans les toilettes de l'école ou tracé en peinture aérosol sur la brique de notre immeuble. Tu es moche. Retourne dans ton pays. Raté. Parfois, je n'avais même pas le temps d'écrire quoi que ce soit avant qu'elle signe son nom sur la carte, la glisse dans une enveloppe puis dans la fente sombre de la boîte aux lettres au coin de la rue. Des cartes par centaines, coûtant cher en timbres et en enveloppes, et ma mère espérant toujours une réponse. Ce n'était pas différent de ce qu'elle avait fait pour venir dans ce pays, disait-elle. Bien sûr, j'ai dit à mon père ce que nous faisions, pensant qu'il pourrait mettre un terme à son obsession. La situation dégénérait. J'avais dorénavant refusé de l'aider, prétextant des devoirs, pensant mettre fin à tout ça, mais elle a continué à envoyer elle-même les missives, avec seulement son nom à l'intérieur. J'ai montré une des cartes à mon père. Il a pointé la signature. Elle ressemblait à des bretzels, toute en boucles et en nœuds. Il a ri et a dit à ma mère :

— Randy Travis lit l'anglais. Il va regarder ton nom et voir un gribouillage. Cette adresse que tu as, qui sait ce qu'on y fait. Si ça se trouve, les cartes vont directement à la décharge.

Mais ma mère a continué à envoyer les cartes avec son nom écrit en lao. Elle ne pensait qu'à une chose, ne parlait que d'une chose : Randy Travis. Quand le tuyau de l'évier de la cuisine s'est bouché et que mon père n'a pas su comment le réparer, ma mère a dit :

— Oh, je parie que Randy Travis saurait faire ça.

---

5 « Je t'aime pour toujours et à jamais. » Paroles de la chanson *Forever and Ever, Amen*, chantée par Randy Travis (1987).

Et puis il y a eu la fois où elle a dit à haute voix pendant le dîner :

— Je parie que Randy Travis aimerait dîner avec moi.

Elle regardait par la fenêtre, le ciel, la lune, le soleil ou un nuage et disait :

— Peut-être que Randy Travis regarde la même chose que moi en ce moment. Où qu'il soit.

Inévitablement, mon père s'est lassé d'entendre parler de Randy Travis et a fini par dire à ma mère que, malheureusement, l'homme était célèbre et que nos vies ne croiseraient jamais la sienne.

— Il ne sait même pas que nous existons. Nous ne sommes même pas un petit point de lumière pour lui, a-t-il dit.

Puis il a porté la main à son visage, formé un cercle autour de son œil avec les doigts et refermé le poing sur l'espace à l'intérieur de sa paume. Mais rien ne pouvait ébranler l'amour que ma mère portait à Randy Travis. C'était une ombre qui la recouvrait, et on ne pouvait qu'attendre qu'un rayon de lumière passe. Elle s'est même mise à s'habiller comme Dolly Parton, pensant que c'était son genre de femme. Elle s'est teint les cheveux en blond et les portait crêpés ou en coiffure haute. Elle faisait jouer ses chansons et s'assoyait à la fenêtre, attendant, regardant la rue en bas, comme s'il allait apparaître et l'emmener en voiture.

En espérant s'attirer un peu de cet amour pour Randy Travis, mon père a commencé à porter les bottes de cowboy que ma mère lui avait achetées dans une vente-débarras. Bientôt, il portait des jeans et des chemises de flanelle et se tenait comme Randy Travis : un pouce passé dans la boucle de ceinture de son jean, une jambe bien droite, l'autre genou relâché, pointant vers l'avant. De le voir changer de cette façon faisait le bonheur de ma mère. Mais lorsqu'elle lui a demandé de chanter, son échec s'est fait retentissant.

Il ne savait pas prononcer les mots.

Le large sourire rempli d'espoir a disparu du visage de ma mère, mais mon père a redoublé d'efforts, chantant le refrain plus fort, s'accrochant aux voyelles, essayant de reproduire ce timbre nasillard typique du sud des États-Unis. Il n'était ni vedette ni protagoniste. Il gagnait sa vie à emballer des meubles de magasin dans des boîtes en carton. Personne ne payerait pour le voir chanter, mais il s'en fichait. Il essayait seulement d'être ce que voulait ma mère.

Un jour, mon père m'a annoncé que nous allions à un concert de Randy Travis.

— C'est ce que ta mère veut. Il faut faire ça pour elle.

Il a loué une voiture et nous sommes partis vers le sud. À l'époque, les achats en ligne n'existaient pas. Il fallait aller à la salle de concert acheter son billet sur place, au guichet.

Ma mère était tellement ravie qu'elle a préparé les plats que mon père aimait. Elle a passé les trois jours précédant notre départ à faire tremper le riz collant et, une fois la cuisson terminée, elle l'a mis dans un thip khao[6] avant de l'envelopper dans une couverture pour qu'il garde sa chaleur. Elle a préparé une salade de papaye et y a écrasé de petites crevettes sèches, elle a fait frire deux cailles et les a enveloppées dans du papier d'aluminium. Je n'avais jamais remarqué avant à quel point la nourriture laotienne était belle. Après les jaunes et les bruns fades de tous ces dîners télé, c'était comme un retour aux sources. Ensemble, les couleurs étaient vives, éclatantes, les saveurs ressortaient, s'aiguisaient. Chaque repas goûtait la grande occasion. C'était un rappel de ses origines et de son amour. Je réalisais pourquoi mon père insistait pour ne manger que ça.

J'ai peu de souvenirs du trajet, à part un panneau bleu et rouge avec le chiffre 75. Nous l'avons suivi pendant plusieurs jours. Je ne voyais pas grand-chose par la fenêtre. Je n'ai vu que

6 Panier spécialement conçu pour le riz collant.

des fils noirs souligner le bleu du ciel, puis l'obscurité et le reflet de mon propre petit visage dans la vitre.

Au concert, nous étions si haut sur les derniers balcons que je n'aurais pas su dire si c'était vraiment Randy Travis sur scène. Son visage avait la taille d'une épingle. J'ai fermé l'œil gauche et je l'ai mesuré avec mon pouce et mon index à partir de l'endroit où nous étions. Il faisait à peine deux centimètres entre mes deux doigts. Puis, je ne sais pas pourquoi, j'ai fermé l'espace qu'il prenait jusqu'à ce que je ne puisse plus le voir. C'est quand il s'est mis à chanter que j'ai ouvert mon autre œil et que j'ai réalisé que c'était forcément Randy Travis sur la scène. Sa voix correspondait exactement à celle de nos disques.

Il ne se déplaçait pas beaucoup sur scène. Il restait là, à gratter sa guitare. En fait, il avait l'air plutôt timide, plongeant les yeux au sol chaque fois que la foule l'ovationnait. Il faisait un signe de tête en reconnaissance des louanges du public, puis commençait une autre chanson. Il ne regardait personne en particulier. Ne chantait pour personne en particulier. Il fixait la foule et les projecteurs l'éclairaient d'une lueur que je n'avais jamais vue auparavant. Il scintillait. De temps à autre, il faisait signe de la main dans notre direction et ma mère lui renvoyait son salut. Mais nous n'étions qu'un point noir dans l'obscurité pour lui. J'ai songé à ce que nous emmener au concert avait dû coûter à mon père. Les heures passées à soulever et à emballer tous ces meubles qui iraient dans des maisons que nous ne pouvions que rêver d'habiter. Des maisons appartenant à des gens pouvant se permettre de s'asseoir plus près de Randy Travis. De là où nous étions assis, on voyait les lumières de la scène illuminer leurs têtes, qui brillaient.

Après le concert, nous avons attendu avec toutes les adolescentes près du bus de tournée, mais j'étais trop petite pour voir autre chose que des derrières. J'ai vu mon père tenter de prendre la main de ma mère, mais il l'a manquée. Il a donc mis ses deux mains dans ses poches et a regardé par terre, où étaient ses bottes de cowboy.

En y repensant aujourd'hui, je ne m'étonne pas que, quelques années plus tard, ma mère ait trouvé autre chose à quoi se consacrer. Cette fois c'était les machines à sous. Elle s'assoyait à quelques centimètres des machines qui illuminaient son visage et avalaient son espoir pièce par pièce. Je savais que l'espoir ne lui était pas étranger; c'est ce qui nous avait amenés dans ce pays en premier lieu. Elle a pris l'habitude de ne pas rentrer à la maison, passant la plupart de ses nuits dans l'auto sur le parking de quelque casino, mon père attendant de voir si elle rentrerait. C'est peu de temps après qu'on nous a annoncé qu'on l'avait retrouvée effondrée dans le parking. Les gens meurent parfois, et il n'y a pas forcément d'explication. La vie est ainsi faite.

Je ne devrais peut-être pas le dire, mais j'ai été soulagée pour elle à ce moment-là.

Le mois dernier, c'était mon quarante-deuxième anniversaire. Je suis allée voir mon père à ce même vieil appartement. Rien n'avait changé, sauf la vue. Un immeuble avait pris la place du parc. La lumière n'entrait plus. Mon père a sorti son portefeuille en cuir brun et aux bords effilochés. Il était plein de reçus, pièces de monnaie et bonbons à la menthe. Il a sorti un paquet de billets de vingt dollars et me les a tendus, mais j'ai refusé l'argent disant que je n'en avais pas besoin. Il m'a demandé si j'avais mangé. J'ai dit que non et il a fait frire du poisson avec du gingembre râpé et il a sorti une assiette de salade de papaye et de riz collant. Nous ne nous sommes pas dit grand-chose en mangeant. J'ai eu la gorge nouée à la première bouchée de salade de papaye. La sauce de poisson fermentée est comme une empreinte digitale: on peut savoir à qui elle appartient à la façon dont elle a été préparée. Mon père ajoutait du crabe à sa sauce, qui était épaisse et sombre, fermentée pendant des années. Ce n'était pas comme ça que ma mère faisait sa sauce.

Après le dîner, mon père et moi sommes allés au salon regarder la télévision. Il est tombé sur la chaîne de musique country et il y avait une émission spéciale sur Randy Travis. Nous avons regardé quelques clips musicaux, puis mon père s'est levé et a allumé sa machine à karaoké. J'étais nerveuse pour lui, me rappelant son échec toutes ces années plus tôt, alors qu'il ne connaissait pas les paroles ni ne savait prononcer les mots. Aujourd'hui, grâce à cette machine, il savait quoi faire. Il n'y avait que moi, assise tout près. La trame instrumentale a démarré, un point blanc planant au-dessus des mots. Il a ouvert la bouche, et j'étais stupéfaite.

MANUCURE-PÉDICURE

Les néons lumineux industriels pendaient au plafond en rangs bien ordonnés. Raymond était seul dans la loge. C'est comme ça qu'on sait qu'on a perdu. Il savait qu'il en arriverait là. On ne parlait que de victoires et de K.O. et de tout ce qui faisait qu'il n'était pas à la hauteur. Dans son esprit, pourtant, la joie de la boxe était dans les petits détails que personne n'était là pour voir. Il aimait ce qu'il fallait pour arriver jusque-là – la routine, l'entraînement, la discipline. L'excitation avant le combat, les quelques instants après avoir mis ses bandes de boxe puis ses gants, son pouls qui s'accélère avant de monter sur le ring et de taper dans les gants de l'adversaire. Le moment où rien n'était encore décidé, où la chance qu'il gagne, ne serait-ce que cette seule fois, valait bien toutes les autres et il n'avait plus qu'à la saisir. Même s'il ne gagnait pas, être sur le ring signifiait toujours voir un champion de près, devenir un détail dans la liste de ses combats. Cela signifiait que lui, Raymond, avait été là.

Et ce qu'il aimait le plus, c'était d'entendre la voix de sa sœur dans son coin. Raymond entendait l'excitation de la foule, ses chants, ses cris et ses huées. Mais au travers du vacarme, si fort soit-il, la voix de sa sœur perçait toujours. Les injures qu'elle proférait contre l'autre, contre la foule quand celle-ci s'en prenait à Raymond. Il était parti de rien du tout, et de se lever quand même pour tenter sa chance... si ce n'était pas ça le courage, il ne savait pas quoi d'autre l'était.

Raymond ne savait plus ce qui s'était passé dans le ring. Une rafale de coups, puis il était K.-O. Sur le moment, rien de tout cela ne faisait mal. La douleur viendrait après, s'harmonisant à la tristesse qu'il portait en lui, ancrée dans son corps comme un deuxième squelette. Il savait qu'il allait perdre avant même le début du combat. Il en était même certain une fois monté sur le ring. Il était incapable de lever les bras ou la tête, de voir le visage de son adversaire ou de comprendre ce qu'il faisait. Incapable de penser. Incapable de bouger les pieds assez vite, de s'écarter de la trajectoire des coups de poing. Ils atterrissaient au milieu de son visage. Rapides, forts, soudains. Il était entraîné à les voir arriver, mais il restait là comme un con à les attendre. En repassant les cassettes que sa sœur avait enregistrées pour lui, il voyait les coups de poing au ralenti, l'onde de choc lui traverser le nez, les pommettes, les cheveux. Et à la fin, un rideau de lumière noire, ces petits points qui poivraient tout dans son champ de vision. Il savait qu'il était grand temps pour lui d'en finir avec la boxe. Il devait se sortir de la tête tout rêve de devenir champion un jour. En vérité, il était devenu ce qu'on appelle un cheval d'essai. Il était juste là pour recevoir les coups, un corps à traverser sur le chemin vers une ceinture de victoire. Il avait dit qu'il arrêterait si jamais ça en venait là, et ça en était venu là. Ce n'est pas de cette façon qu'il voulait quitter la boxe, mais c'était fini maintenant, et il le savait.

Raymond n'était pas le seul à avoir perdu la place qu'il se voyait occuper dans le monde, mais ce n'est pas l'impression qu'il avait à l'époque. Il vivait dans un sous-sol moisi et froid, avec une seule fenêtre. Quand il avait pris l'appartement, il avait cru qu'il pourrait voir le ciel de temps en temps, mais le sol était trop haut et il ne voyait que des chaussures, des bottes et des talons hauts. Des pieds.

La sœur de Raymond se débrouillait bien. Elle avait son propre commerce, l'onglerie Aux petits oiseaux, où l'on faisait

« vos ongles à petits prix… Cui ! Cui ! Cui ! » C'était accrocheur. Elle voulait qu'il vienne travailler avec elle. Il n'avait pas besoin de prendre un cours ou quoi que ce soit. Il n'avait qu'à suivre ce qu'elle lui disait de faire. Ce serait comme sur le ring. Elle lui crierait dessus comme s'il était dans le coin et il s'exécuterait.

Au lieu de cela, Raymond avait déniché un job à servir des cornets de glace au centre commercial et, à la fin de son quart de travail, il en commençait un autre à faire frire du chou fade. Il n'avait pas vu sa sœur depuis des semaines. Il ne l'avait pas appelée, n'avait pas répondu à ses appels. Mais ça, elle ne le permettrait pas et un soir, inquiète, elle alla chez lui voir ce qu'il faisait de sa vie. Elle fit tout un drame. Elle avait une clé de son appartement et ouvrit la porte d'un coup de pied, puis le frappa à la poitrine, ses petits poings comme des gouttes d'eau dans la douche. Elle lui dit que même s'il ne souhaitait pas mieux pour lui-même, elle si. Elle évoqua leurs parents morts, comme elle le faisait chaque fois qu'elle voulait donner du poids à ses arguments. Elle ajouta qu'ils n'avaient pas quitté le Laos, un pays bombardé aux prises avec une guerre dont personne n'avait jamais entendu parler, « sur un putain de radeau en bambou pour que tu passes ton temps à demander "quelle garniture prendrez-vous ?" ». Elle le gifla bien fort.

— Raymond, ce que tu cuisines au centre commercial, je peux dégueuler mieux.

Il accepta de la rejoindre à l'onglerie pour qu'elle se calme. Peu de temps après, c'est lui qui répondait maladroitement au téléphone :

— Bonjour, onglerie À petits prix, vos ongles aux petits oiseaux… Cui ! Cui ! Cui !

Au début, il nettoyait le plancher et remplissait les flacons de dissolvant à vernis, d'huile à cuticules, ou de tout ce qui manquait. Il coupait les serviettes en papier en petits carrés bien nets pour faire gagner du temps à tout le monde. Il s'assurait d'allumer le chauffe-cire. Quand tout ça lui fut devenu facile, sa sœur lui demanda d'observer les filles faire des manucures et des pédicures, épiler un sourcil ou une lèvre supérieure. La transformation des clientes le stupéfiait. C'était comme ce qui lui arrivait dans le ring, mais à l'inverse. Elles arrivaient comme après quelques rounds, tristes et épuisées, les épaules affaissées, mais repartaient insouciantes, heureuses, rafraîchies. Il songeait aux blessures subies par des gars comme lui et à leurs répercussions sur la vie qu'ils avaient en dehors du ring – si on pouvait appeler ça une vie. Il y avait le type qui s'était réveillé d'un K.-O. un an plus tard, celui qui n'avait jamais retrouvé sa confiance, avait arrêté de s'entraîner, mangeait des beignets toute la journée, avait foutu en l'air toute sa carrière. Et puis il y avait celui qui était mort. Raymond songeait à la lumière noire, attendant que les petits points disparaissent. Attendant la cloche qui lui indiquait qu'ils en étaient au prochain round. La boxe, telle qu'il la connaissait, ne faisait pas le bien qu'il voyait se produire tous les jours au salon.

Quand l'une des filles quitta soudainement son travail à l'onglerie à cause d'une mauvaise toux qui ne partait pas, Raymond se vit attribuer sa propre station. Il commença par mettre le panier en plastique d'accessoires et de lotions à sa gauche. Sa sœur n'approuvait pas.

— Merde, Raymond. C'est quoi cette garde fausse patte ? Tu es droitier. Tes trucs vont à droite. Remerde ! T'aurais peut-être dû y penser quand tu faisais de la boxe. Tu sais combien c'est dur de se battre contre les gauchers, ils font tout à l'envers. C'est trop tard. Trop tard pour la fausse patte.

Raymond ne répliqua pas. Il remit le panier à droite. Il n'aimait pas se disputer avec sa sœur, ni discuter ce qu'elle lui disait. Elle s'était toujours occupée de tout… et de lui. Elle parlait dur et c'était une vraie dure, mais elle avait bon cœur. Il était possible d'être les deux.

Sa sœur lui donna une main en plastique pour s'entraîner. Le truc, c'est que la main n'était rattachée à rien. Elle était coupée au niveau du poignet et se tenait droite en l'air comme attendant un high-five. On pouvait la déplacer dans un meilleur angle pour peindre un cœur ou des petits points. Sa sœur l'observa sans mot dire. Quand il eut fini, elle attrapa la main en plastique et la lui agita sous le nez :

— Sauf que les mains viennent avec un putain de corps ! Tu ne peux pas tourner la main d'une cliente de trois cent soixante degrés pour dessiner un putain de cœur ! Et c'est ça que c'est censé être, Raymond, un putain de cœur ? Ça m'a tout l'air d'un tas de merde dégueulasse.

Elle jeta la main en plastique sur la station vide derrière elle, dégageant la petite surface de Raymond, puis tendit ses propres mains.

— Tiens. Essaie sur moi.

Pour quelqu'un qui passait son temps à faire des manucures, sa sœur n'avait certainement pas les plus beaux ongles. Ils étaient trop longs et jaunis à l'extrémité, sa peau était sèche et pelait.

— Fais gaffe à ta tête. Je sais ce que tu penses de mes ongles. Si je les peins, le dissolvant que je mets aux clientes va me les bousiller. Et je ne vais pas gaspiller le putain de gel sur moi. Ça coûte les yeux de la tête.

Il avait commencé à lui couper les ongles quand elle ajouta :

— Parle-moi comme si j'étais une cliente. Vas-y. Demande-moi comment se passe ma journée, parle-moi du temps qu'il fait, fais-moi un compliment, essaie de me faire la conversation.

Raymond se mit à penser à ce qu'il pourrait dire, mais avant qu'il ne puisse ouvrir la bouche, sa sœur le rassura :

— Ne t'en fais pas trop pour ça. La plupart du temps, elles ne te parleront pas parce qu'elles pensent que tu ne parles pas l'anglais, et c'est une bonne chose parce que c'est épuisant de faire la conversation. Je me fous de leurs enfants, de leurs maris ou de leurs petits amis, et de ce qu'elles font ce week-end. Si tu ne veux pas parler à une cliente parce que tu es fatigué ou aucunement intéressé, tourne-toi simplement vers moi et parle-moi lao. Elles s'imagineront qu'on parle d'elles et ça leur clouera le bec.

Pour des ongles pas chers, se dit Raymond, il y en avait, des choses à faire et à se rappeler.

Raymond faisait beaucoup d'erreurs. Il oubliait d'essuyer l'excédent de vernis à ongles sur le goulot du flacon, ce qui donnait une couche de vernis trop épaisse. Il vérifiait trop tôt si le vernis était sec en pressant un doigt sur l'ongle peint d'une cliente, y laissant une empreinte digitale. Il ne laissait pas non plus assez de place entre l'ongle et la cuticule pour faire ressortir la forme de l'ongle. Il devait tout recommencer à chaque fois, et ce qui était censé prendre vingt minutes lui prenait souvent une heure. Mais les clientes que sa sœur lui confiait étaient patientes et ne passaient pas de commentaires sur ses cœurs même s'ils ressemblaient, comme le disait sa sœur, à des tas de merde. Personne ne s'en plaignait. Quand elles repartaient, sa sœur disait :

— Tu vois ça, Raymond ? On m'aurait chié dessus si j'avais fait la même chose. Mais toi ? C'est « Oh, trésor, prends ton temps » et « Ne t'inquiète pas pour ça, tu t'en sors bien ».

Chaque fois que sa sœur imitait la voix d'une cliente, elle prenait un ton aigu et agaçant, mettant une main sur sa taille et faisant flotter son autre bras en l'air. Il fallait admettre qu'il ne s'ennuyait pas à travailler avec elle. Elle avait toujours le don de le faire rire.

Avec le temps, le travail devint plus facile. Il y avait une routine quotidienne et il devait simplement la suivre. Sa sœur aimait se vanter que Raymond avait été boxeur, et les clientes semblaient aimer que cet ancien boxeur, grand et bien bâti, manipule leurs petites mains. Il pensait que certaines pourraient être mal à l'aise qu'un homme les manipule de cette façon, mais sa sœur disait que les clientes trouvaient merveilleux d'être touchées si doucement par ce tas de muscles.

Raymond était doué pour la répétition sans fin et pour évaluer ce qui devait être fait. Ça lui rappelait l'entraînement de combat au gymnase, où il lui fallait penser et agir rapidement, anticiper ce qui venait, puis réagir. Chaque cliente voulait quelque chose de différent, mais certaines choses étaient nécessaires à toutes. Il enlevait le vernis, coupait les ongles, appliquait de l'huile à cuticules et repoussait la peau pour donner à l'ongle une forme et un aspect soignés. Certains ongles étaient informes ; ils sortaient droits et à plat sur la peau sous-jacente et il devait les arrondir avec une lime. Il tenait la lime à un angle de quarante-cinq degrés, décidant où commencer la courbure de l'ongle. C'était quelque chose de très subtil, cette courbure. Au début, il portait des gants et un masque sur le nez et la bouche, mais les gants l'empêchaient d'avoir une bonne prise et avec le masque, les clientes n'entendaient pas bien ce qu'il disait. Au bout de quelques jours, il a cessé de les porter, s'exposant à ces minuscules éclats de poussière d'ongle qui pénétraient dans ses poumons et les égratignaient.

Il y avait toute une panoplie de couleurs de vernis à ongles. Il ne pouvait pas se les rappeler toutes alors il disait à ses clientes de choisir une couleur dès qu'elles franchissaient la porte : orange crevette du dimanche, violet rigolo-frais, bleu double personnalité, rose alter ego. Les noms et les flacons faisaient tout le tour des murs. Parce qu'il était si inhabituel de voir un homme faire des ongles, ou simplement parce qu'un bon flirt n'était pas de refus, ses clientes lui laissaient vingt ou trente dollars de pourboire. Elles disaient : « Va donc acheter quelque chose de bien pour ta petite dame. » Ou encore : « Sors t'amuser un peu. »

Sa sœur, toujours prompte à remarquer les choses, disait :

— C'est n'importe quoi ! J'ai de la chance si on me laisse deux ou trois dollars. C'est parce que tu es un homme à la con. Même dans mon commerce à moi, que j'ai mis sur pied de mes mains, les hommes sont toujours mieux payés. Et ce sont des femmes qui en sont coupables. Elles devraient pourtant le savoir !

Et elle le regardait avec colère compter ses pourboires, qui totalisaient souvent plus que le prix des manucures-pédicures.

S'il y avait une chose que Raymond n'aimait pas dans ce travail, c'était les orteils. Après seulement quelques semaines, il avait des verrues sur les mains. Sa sœur dit :

— Dégoûtant ! Je ne laisserai personne voir cette sale merde pendant que tu donnes des soins ! Mieux vaut que tu prennes congé. Et puis c'est peut-être contagieux, j'en sais rien. Je t'ai dit de porter des gants!

Il grimaça en grattant une verrue sur sa main. Sa sœur poursuivit:

— Tu ne vas pas me lâcher à cause de ça, hein? Tu sais qu'on vient ici spécialement pour toi. Je n'ai jamais rien vu de tel.

Mais les verrues étaient le moindre de ses soucis. Ce n'était rien à côté de ce que la boxe pouvait causer, les maux de tête terribles et les lumières noires, marmonner des mots sans suite ou mourir. Les verrues finiraient par disparaître. Ça ne le dérangeait pas. Ce qui le dérangeait, c'était l'odeur des pieds. Elle pénétrait dans les pores de ses narines et y prenait racine, comme un follicule pileux. Elle devenait une partie de lui, l'odeur, comme celle du lait suri. Il lui était impossible d'oublier ce qu'il faisait dans la vie, car l'odeur le lui rappelait toujours. Il commençait à la goûter au fond de sa gorge. Il cessa bientôt de prendre plaisir à manger, ce qui lui fit perdre du poids, mais sa sœur dit que c'était une bonne chose, car cela signifiait que plus de clientes venaient le voir. Elle lui acheta des t-shirts noirs moulants et insista pour qu'il les porte au travail. Ses muscles saillaient des manches et du col, le tissu s'accrochant à lui comme un boyau de saucisse trop plein. Elle disait:

— Vas-y fort, Raymond. Tu n'as pas à te gêner de ce que tu as. Tends tes muscles, montre-les. On a besoin de ça pour l'onglerie. Peindre des ongles, ça tout le monde peut le faire.

Raymond était certain que les verrues ne lui venaient pas de ses clientes. La plupart des femmes prenaient soin d'elles-mêmes. Leurs doigts de pied étaient déjà propres et soignés, après toutes ces années de spa. Il rejetait la faute sur les hommes. C'étaient les hommes qui ne s'étaient jamais fait faire de pédicure de leur vie et qui portaient d'épaisses chaussettes dans des bottes de cuir à longueur d'année. Les hommes qui avaient été trop gênés de montrer leurs orteils maltraités à une femme pédicure. Maintenant qu'un homme travaillait au salon, c'est lui qu'ils venaient voir. En tant qu'homme, Raymond savait passer sous silence les dégâts, les années de négligence dues au fait que les pieds étaient restés hors de la vue. Les couches de peau qu'il fallait enlever… comme couper des copeaux de beurre. Sa sœur lui faisait remarquer :

— Tu sais pourquoi la peau est jaune, là ? Eh bien, cet enfoiré pisse dans la douche ! Voilà pourquoi. Sale type dégoûtant.

Mais Raymond n'accordait malgré tout pas longtemps à cette partie du travail.

Raymond avait une cliente favorite. Miss Emily. Il n'avait pas grand-chose à faire quand elle venait. Ses cuticules avaient déjà été repoussées et le lit des ongles était long, mince et lisse. La peau de ses mains et de ses pieds était comme celle d'un bébé, douce et dodue. Elle avait toujours la courtoisie d'enlever son vernis à ongles avant de venir pour qu'il puisse commencer tout de suite à passer la lime et à faire le traitement à la paraffine, puis à appliquer les trois couches de vernis. La première couche protégeait l'ongle du vernis, la deuxième était la couleur à proprement parler et la dernière couche aidait à empêcher le vernis de s'écailler et à le garder brillant.

Au début de sa journée de travail, Raymond vérifiait le registre des rendez-vous à la réception, passant son doigt sur les noms. Quand il voyait que Miss Emily était sur la liste, il inspirait profondément, comme si quelque chose de merveilleux était sur le point de se produire. Il passait plus de temps à nettoyer ses instruments et à arranger l'oreiller sur la chaise. Il sortait même acheter quelques roses rouges pour les mettre dans un vase à sa station. Et après le départ de Miss Emily, il souriait sans arrêt et demandait constamment à la fille de la réception quand est-ce que Miss Emily reviendrait le voir.

Un jour, sa sœur lui dit :

— Quoi, tu crois que tu as une chance avec cette Miss Emily là ? Elle est riche et instruite. Rien de ce que nous sommes ou ne serons jamais. Ne rêve pas en grand maintenant, petit frère. Garde tes rêves petits. De la taille d'un grain de riz. Fais-les cuire et ravale-les le soir, puis chie-les au matin. Ça n'arrivera jamais. S'il y a quelque chose que je connais dans cette vie, ce sont les femmes riches. Et cette femme n'est pas pour toi.

Mais même après les tirades de sa sœur, Raymond continuait de rêver à Miss Emily. Quand elle ne venait pas, il peignait et modelait les ongles de ses clientes comme ceux de Miss Emily. N'importe qui pouvait être elle.

Puis un après-midi, alors qu'il balayait le plancher près de la porte vitrée, il leva les yeux et vit Miss Emily avec un homme. Raymond les observa tous les deux, tout près l'un de l'autre, leurs mains se touchant. Il ne l'avait jamais vue avec quelqu'un auparavant. L'homme portait un costume trois-pièces et des chaussures de luxe. Le cuir noir avait un éclat poli et ne faisait pas de ride au pli des orteils. Raymond rangea le balai et s'assit à son poste pour se préparer. Quand Miss Emily entra et prit place, l'odeur de l'eau de Cologne de l'homme se glissa avec elle. Pas un de ces parfums de pharmacie. Raymond les connaissait. Il les avait tous essayés. Raymond tenait la main de Miss Emily sur son petit poste de travail, mais il sentait une grande distance entre eux. Son sourire était poli et rien de plus. Sa sœur l'observait et elle vit son visage tomber, comme il tombait sur le ring quand il se savait perdre.

Plus tard, la sœur de Raymond le ramena chez lui. C'était leur routine, et le seul moment de la journée où ils pouvaient être à nouveau frère et sœur, à nouveau une famille. Raymond ne descendit pas tout de suite. Il ne voulait pas encore entrer dans son appartement. Le soleil brillait et il voulait le sentir sur son visage.

Alors qu'ils étaient assis dans la voiture devant son appartement, sa sœur alluma une cigarette et fuma vitres baissées. Elle secoua la tête.

— Raymond. Qu'est-ce que je t'ai dit ? Il ne faut pas avoir de rêves. Cette femme n'aimera jamais un homme qui fait des ongles. Ce n'est pas la vraie vie. Toi et moi là, on vit dans le monde réel. On te donne une place et tu y fais de ton mieux. Putain, laisse tomber. Je déteste quand tu fais ça. Il y a plein de filles pour toi ! Elles te veulent toutes, mais tu ne te laisses pas le voir. Comme les filles à l'onglerie. Elles dégoulinent toutes pour toi.

Ces filles-là étaient mariées ou avaient quelqu'un de sérieux. Ce que sa sœur ne savait pas, c'est ce dont elles parlaient dans son dos quand elle sortait fumer ou chercher du matériel. Qu'elles essayaient de tomber enceintes, mais que les bébés ne prenaient pas à cause des produits chimiques de l'onglerie. Qu'elles se mettaient à tousser et puis n'arrêtaient jamais. Qu'elles voulaient quitter leur emploi, mais n'avaient nulle part d'autre où aller.

Raymond n'aimait pas répondre à sa sœur, mais cette fois, il pensait qu'elle avait eu tort de dire ce qu'elle avait dit, et il se mit à parler.

— Tu sais quoi, Miss Emily ne sera peut-être jamais avec un homme comme moi, mais je veux en rêver quand même. C'est un sentiment agréable et je n'ai pas eu de ça depuis longtemps. Je sais que je n'ai aucune chance, mais ça me permet de passer à travers. De me rendre à tout à l'heure, de me rendre à demain. Ne viens pas me rappeler quels rêves un homme comme moi doit avoir. Je veux avoir droit à mes rêves.

La sœur de Raymond ne répondit rien. Elle regardait droit devant elle, par-dessus le volant. Son visage, il le savait, ressemblait à celui de sa sœur, mais en plus abîmé – le nez cabossé, le sourcil gauche fendu et tordu par une cicatrice. Son visage à elle avait beau être lisse et lumineux grâce à tous les traitements facials, crèmes et sérums antirides, Raymond savait qu'elle se sentait comme son visage à lui, brisé et battu. Elle ne voulait pas reconnaître ce visage et y lire de l'espoir. L'espoir, pour elle, était une chose terrible. Il voulait dire que cette chose tant espérée, quelle qu'elle soit, ne serait jamais vôtre.

Au bout d'un moment, elle retourna à sa cigarette. Chaque bouffée était un petit nuage gris qui disparaissait comme les rêves qu'elle lui disait toujours de garder petits. Raymond baissa la tête et regarda ses paumes, où les verrues qui le mettraient en congé forcé encore quelques semaines réapparaissaient.

Ils étaient assis là en silence, dans l'obscurité montante, les vitres de la voiture encore ouvertes. Ils entendaient une famille dans la cour, quelque part non loin, le grésillement du barbecue, et les rires, jeunes, fragiles, innocents. Le genre de rires qu'ils avaient eus eux-mêmes, enfants. Aujourd'hui, ces rires leur paraissaient bêtes. Quelque chose de lointain, quelque chose qui n'arrivait qu'aux autres. Tout ce qu'ils pouvaient faire maintenant, c'était d'en être près, et de rester hors de vue.

TCHIK-A-TCHI!

Notre immeuble comptait cinq étages, chacun identique aux autres : deux portes vertes d'un côté du couloir faisant face à deux portes vertes de l'autre côté du couloir. Nous ne connaissions personne d'autre qui vivait dans l'immeuble. Nous ne nous mêlions de rien et n'allions pas sur les autres étages. Il n'y avait aucune raison d'aller ailleurs que là où l'on habitait.

Mon frère et moi étions souvent laissés seuls à la maison après l'école, même s'il avait six ans et que je n'en avais que sept. Mon père travaillait dans une usine où il mettait des fils dans des câbles électriques, et s'il n'atteignait pas ses objectifs de la journée, il devait parfois rester pour le quart de nuit. La plupart du temps, il travaillait douze heures par jour, prenant sa pause déjeuner vers seize heures pour venir nous chercher à l'école et nous déposer à la maison avant de retourner au travail. Maman ne pouvait pas quitter le travail pour faire ce genre de choses parce que nous n'avions qu'une seule voiture et c'est papa qui la conduisait.

Chaque fois que papa nous déposait avant de retourner au travail, il me rappelait de mettre la chaîne sur la porte et de ne pas faire de bruit, de n'ouvrir à personne, même à ceux qui se disaient des amis. Il me faisait repasser les endroits où nous cacher dans l'appartement si nous avions peur : sous le lit, dans la baignoire derrière le rideau de douche, dans le placard à chaussures.

S'il y avait un problème, disait papa, nous ne devions pas aller chercher de l'aide chez les voisins ni appeler le 9-1-1. Il disait que ce serait comme le livrer aux flics : c'est lui qui aurait des ennuis pour nous avoir laissés seuls sans surveillance. Quoi qu'il arrive, c'était à nous de trouver une solution. Puis il pointait là où il gardait une petite hache rouge avec un manche en bois cachée derrière le radiateur.

La première fois qu'il a mis la hache dans ma main, le manche m'a semblé étonnamment léger. Papa m'a dit :

— Tu n'auras qu'une seule chance, vise le cou ou le visage. Ici, a-t-il dit en indiquant le côté gauche de son cou.

J'ai levé la hache bien haut, mais papa a ri et dit que la lame était à l'envers. Il s'est approché et m'a montré que c'est le bord tranchant qui fait le dommage. J'ai levé la hache au-dessus de ma tête et je l'ai abattue d'un seul coup. Cette fois, papa a ri comme s'il me regardait lancer une balle en caoutchouc – un rire qui signifiait que c'était mignon, ce que je faisais. Quand il a vu mon angoisse, il a dit :

— Ah, ne t'en fais pas. J'ai fait des choses bien pires à ton âge. Plus jeune, même.

Papa s'est fait rassurant en disant que je n'aurais probablement jamais à me servir de la hache, mais qu'il était important que je sache que je pouvais le faire. Tout ce qui me venait à l'esprit était la fois où, tard dans la nuit, quelqu'un est venu frapper à grands coups en criant :

— Ouvrez ! J'ai un couteau !

Mon frère et moi sommes restés près de la porte, terrifiés, puis nous avons pensé aux endroits où nous cacher pendant que papa collait l'œil contre le judas. On continuait à frapper et nous nous sommes accrochés à notre père, saisissant tous deux des pans entiers de sa chemise. Quel soulagement que nous n'ayons pas été seuls, que c'était un dimanche et que papa ne faisait pas de quart supplémentaire à l'usine, qu'il était à la maison avec nous. Papa nous a regardés tous les deux et a mis un doigt sur ses lèvres pour que nous ne disions rien. Puis il a murmuré qu'il avait pensé ouvrir la porte, mais qu'il avait changé d'avis quand l'homme a dit avoir un couteau.

— Ce n'est pas une façon de demander de l'aide!

Papa a ri et s'est tapé le genou, et mon frère et moi avons ri aussi, mais tout bas, pour que l'homme de l'autre côté de la porte ne nous entende pas.

Le lendemain matin, alors que nous partions pour l'école, j'ai remarqué qu'il y avait une tache de sang sur notre porte.

Souvent, le samedi, en chemin pour aller faire des courses au quartier chinois, papa nous conduisait dans un autre quartier, un quartier où nous aurions aimé vivre, avec de larges rues bordées d'arbres et de grandes maisons victoriennes. Il roulait lentement et nous choisissions une maison dans laquelle nous voulions vivre, pointant vers les fenêtres où seraient nos chambres. Mes parents et mon frère choisissaient toujours les grandes maisons vastes; moi, je remarquais ce que les gens laissaient dehors. Parfois, il y avait des bâtons de hockey, des jambières de gardien de but, un filet laissé dans l'allée, ou bien un vélo rose abandonné sur la pelouse de devant. Il me semblait que les habitants de ce quartier n'avaient jamais peur que quelqu'un prenne leurs affaires puisqu'ils les laissaient toutes là dehors, comme ça, sans les ranger ou les cadenasser.

Une fois, j'ai remarqué que toutes les maisons de la rue avaient des citrouilles crues sur le perron, soit une citrouille géante, soit un groupe de petites citrouilles. La plupart avaient des visages sculptés: des yeux en triangle, un nez rond, une bouche avec une ou deux dents suspendues à l'intérieur d'un large sourire. Certaines citrouilles vomissaient leurs graines savamment disposées autour de la bouche. À l'école, nous avions peint des ronds orange ou découpé des cercles dans du papier cartonné orangé pour ensuite y coller des yeux mobiles.

En m'avançant depuis la banquette, j'ai demandé à papa:

— Comment ça se fait que les gens d'ici aiment tant les citrouilles ?

Et il a répondu :

— Hum. Ça me semble un beau gaspillage de nourriture.

Après avoir vu toutes ces citrouilles, papa a dit à maman :

— Personne ne mettrait du poison ou des lames de rasoir dans les bonbons dans un quartier comme celui-ci, n'est-ce pas ?

Puis il s'est retourné vers nous en criant :

— J'ai un couteau ! Ouvrez !

Mon frère et moi avons crié comme si nous avions peur, mais ce n'était pas du tout le cas.

Dès lors, chaque année en octobre jusqu'à ce que mon frère ait neuf ans, nos parents nous emmenaient toujours *tchik-a-tchi*[7].

La première fois que nous y sommes allés, mon frère s'est mis un drap blanc sur la tête, avec des trous découpés pour ses yeux et ses bras. Papa n'avait pas eu beaucoup de temps pour faire son costume. Il avait passé des semaines à me confectionner un maillot noir moulant à manches longues et un pantalon assorti avec des os en tissu phosphorescent cousus sur le devant. Dans le noir, on ne me voyait pas du tout. Seulement un squelette se promenant dans la pièce. Mon frère en criait d'excitation, sachant qu'un jour, il hériterait du costume comme de tout ce que j'ai jamais eu.

C'était inhabituel de voir papa rentrer si tôt. Je ne comprenais pas et j'avais peur qu'il ait perdu son travail. C'était quelque chose qu'il nous disait toujours, qu'il devait travailler de longues heures sinon il n'aurait pas de travail du tout. Mais il nous a dit de mettre nos costumes et nous a conduits dans ce quartier où nous voulions vivre, même si nous n'avions pas de courses

7 « *Trick-or-treat* », ou « *tchik-a-tchi* », comme le prononcent les parents de l'enfant, est la formule rituelle en anglais pour demander des bonbons lorsqu'on passe l'Halloween.

à faire. Papa a garé la voiture et nous a dit d'aller de maison en maison habillés comme ça et de crier *tchik-a-tchi!* à qui viendrait ouvrir, et de tendre nos taies d'oreiller ouvertes pour qu'on les remplisse de toutes sortes de bonbons. Je ne l'ai pas cru. J'avais la certitude qu'il avait vraiment perdu son emploi et que tout ça faisait partie de son plan pour nous mettre dehors, comme nous menaçaient souvent nos parents quand nous n'étions pas sages ou demandions une chose pour laquelle ils n'avaient pas l'argent. J'avais envie de pleurer, mais j'ai vu comment mon frère me regardait, comme s'il avait besoin que j'aie du courage pour nous deux.

Papa est sorti de la voiture et a basculé le siège vers l'avant pour que mon frère et moi puissions sortir. Il nous a pris tous les deux par la main et nous a conduits à la première maison. Elle était immense, les fenêtres aussi grandes que des portes, et je me suis demandé qui vivait ici. En gravissant seuls les marches de l'entrée, mon frère et moi nous sommes retournés pour nous assurer que papa était toujours là. Il se tenait sur le trottoir, les mains dans les poches, les sortant seulement pour y souffler de l'air chaud. Il était vêtu d'une veste légère et d'un jean, fidèle à sa conception d'être bien habillé. Un manteau chaud et des moufles auraient brimé son style. Quand il a vu que nous restions plantés là sur les marches à le regarder, il nous a encouragés à y aller, agitant les deux bras devant lui. Il nous a rappelé :

— Dites *tchik-a-tchi!*

Arrivés à la porte, nous avons cherché la sonnette comme papa nous l'avait expliqué.

— C'est comme ça qu'on sait que c'est une belle maison, avait-il dit. C'est tellement grand que personne à l'intérieur n'entendrait un coup frappé à la porte, alors il faut appuyer sur un bouton qui fait sonner une cloche.

Mon frère m'a tapé le bras et a indiqué le bouton à droite de la porte. Aucun de nous deux n'arrivait à l'atteindre. J'ai soulevé mon frère et il a appuyé sur la sonnette une fois, puis deux, et je l'ai redéposé doucement. On a allumé à l'intérieur et une femme aux cheveux bruns aux épaules avec une frange épaisse a ouvert la porte. Elle portait des lunettes et arborait un sourire amical. Elle a dit :

— Alors, toi, tu es un fantôme… et toi… ça alors ! Regardez-moi ce costume ! C'est du grand art ! Où l'as-tu déniché ? C'est ta maman qui l'a fait ?

J'avais trop peur pour répondre, alors j'ai murmuré :

— *Tchik-a-tchi.*

— Oh, Harold, viens là ! Ces deux-là sont trop chou ! Haroooоold ! Ramène-toi !

Harold est apparu à la porte, traînant ses pantoufles molletonnées sur le plancher.

— *Tchik-a-tchi*, ai-je répété tout bas.

Harold a ri et dit :

— Elaaaaine ! C'est adorable ! Donne-leur un petit extra, veux-tu ?

Il a mis la main dans un grand bol en verre quelque part derrière la porte puis a laissé tomber deux sacs de chips dans chaque taie d'oreiller.

Les friandises à peine dans nos taies, nous avons tous deux crié *tchik-a-tchi !* et nous nous sommes sauvés en gloussant comme si nous venions de réussir un coup improbable. Nous avons couru vers papa, qui se tenait encore sur le trottoir, et lui avons montré les sacs de chips au fond des taies d'oreiller.

— Vous voyez, je vous l'avais dit ! s'est-il exclamé. Il suffit de dire *tchik-a-tchi !*

Et toute la soirée, de porte en porte, nous avons répété *tchik-a-tchi !* jusqu'à ce que nos taies d'oreiller soient si lourdes que nous ne pouvions plus les porter. Il y avait d'autres enfants dans le quartier, déguisés en princesses, en citrouilles, en sorcières ou en joueurs de base-ball. Nous ne connaissions personne. Nous nous retrouvions parfois sous le même porche qu'un groupe d'entre eux, et nous tenions nos taies d'oreiller et eux, des citrouilles en plastique avec des poignées. Quand mon frère et moi scandions *tchik-a-tchi !*, les gens à la porte nous invitaient toujours à nous approcher et nous donnaient plus de bonbons.

À notre retour à la maison, papa et maman ont vidé les taies d'oreiller et trié les bonbons. Pas question de manger les friandises faites à la main, ni les bonbons mal emballés ou déjà ouverts.

Le lendemain, à l'école, mon frère et moi avons sorti nos bonbons au déjeuner et les avons exposés sur une table comme des vendeurs de rue, disant à nos amis que nous étions allés crier *tchik-a-tchi!* là où les maisons étaient gigantesques. Nos amis s'en étaient tenus à leurs immeubles ou aux maisons de leur voisinage ou n'étaient pas sortis du tout, et n'avaient donc que de petites boules de gomme ou de rares et minuscules tablettes de chocolat. Nous avions des tas de sacs de chips, de grosses barres de chocolat et des paquets de chewing-gum, et il y en avait encore nous attendant à la maison.

La surveillante du déjeuner s'est penchée à travers la foule autour de nous et a dit :

— Ne voulez-vous pas dire *trick-or-treat*?

Nous avons secoué la tête. La dame ne savait pas de quoi elle parlait. J'ai levé les yeux vers son gros visage rond et importun et j'ai dit :

— Non, Madame Furman, c'est *tchik-a-tchi!*

L'UNIVERS SERAIT SI CRUEL

M. Vong étira le cou pour regarder par-dessus la tête des invités à la noce, cherchant à avoir une bonne vue sur les mariés. Dès qu'il les repéra, il se tourna vers sa femme et sa fille et fit une prédiction audacieuse :

— Ah, ne sont-ils pas magnifiques ! Dommage que ça ne durera pas.

On avait invité M. Vong non pas parce qu'il était de la parenté ou un ami de la famille ; le jeune couple s'était tourné vers lui parce qu'il était le seul imprimeur en ville à offrir un lettrage lao sur les invitations de mariage. Ses polices de caractères laotiens, son éloquence avec la langue, sa conscience de la façon dont les petites choses façonnent les grandes faisaient de lui un imprimeur recherché. Bien sûr, ses clients pouvaient télécharger les polices eux-mêmes et faire imprimer leurs faire-part chez Kinko's, mais ce genre d'effort paresseux pouvait bien vouloir dire un mariage paresseux, où le lien risquait de se rompre au moindre souci.

M. Vong n'imprimait pas que des invitations de mariage dans sa boutique. Il ne gagnait pas beaucoup d'argent. La plupart de ses clients étaient ceux avec qui les grands imprimeurs ne voulaient pas traiter – des hommes et des femmes qui travaillaient pour eux-mêmes, n'achetaient pas en gros, n'avaient pas le temps d'aller sur Internet et ne parlaient pas anglais (grâce à des signaux mimés et sonores, M. Vong trouvait le moyen de communiquer avec eux). C'étaient ces clients-là qu'il aimait le mieux. Les fermiers qui avaient de la terre sous les ongles parce qu'ils travaillaient aux champs toute la journée, les bouchers qui n'avaient pas le temps de changer leurs vêtements tachés de sang, les couturières qui n'avaient que vingt minutes avant de devoir retourner au travail. Ils étaient comme lui, ils étaient les manœuvres, les ouvriers du monde. Les clients qu'il n'aimait pas étaient les vendeurs en complet-veston haut de gamme qui avaient l'audace de demander un rabais. Il les reconnaissait au lustre de leur montre, à leurs cheveux lissés vers l'arrière, à leur teint ensoleillé, à leur anglais impeccable. Ils le regardaient comme s'il allait devenir la plaisanterie qu'ils raconteraient plus tard à leurs amis, l'appelaient amicalement « mon bon ami », corrigeaient son orthographe. Il les envoyait toujours se faire foutre. Certains jours qu'il était de bonne humeur et avait du temps à perdre, il se prenait au jeu, leur permettait de traîner dans sa boutique un quart d'heure, les laissait babiller sans arrêt et lui montrer leurs diagrammes de ventes et profits à la mode des grandes écoles de commerce. Au bout d'un moment cependant, il finissait par les engueuler comme ceux avant eux. Ces hommes étaient protégés par leurs tours à bureaux en verre, leurs secrétaires, leurs avocats et leurs comptables fraudeurs, mais dans son magasin, dont il était le seul propriétaire et gérant, c'était lui le patron. Et si l'envie lui en prenait, il pouvait leur crier :

— Allez vous faire foutre ! Tous autant que vous êtes ! Allez vous faire foutre en enfer !

On lui avait déjà crié pareille chose et ça l'amusait de renverser les rôles, de le crier à quelqu'un d'autre, de les voir perdre leur sang-froid et déguerpir en trébuchant.

Mais de tout ce que M. Vong confectionnait et imprimait à la boutique, les cartons d'invitation à un mariage lao lui procuraient le plus de joie. M. Vong s'en chargeait avec grand soin.

Il fabriquait son propre papier, chaque fibre étant séchée et pressée dans son atelier, un travail de plusieurs mois. Il mélangeait même ses propres pigments, créant ainsi une teinte finale unique. Il consignait toutes les couleurs et nuances qu'il avait utilisées dans un album, de tous petits carrés avec le nom et la date pour chacun. Employer la même teinte plus d'une fois risquait de donner l'impression qu'aucun mariage n'est unique. Il portait sur la tête des lunettes de joaillier à verres grossissants et inspectait chaque lettre sur les cartons. Chaque petit détail devait être parfait. Une faute d'orthographe pouvait signifier que les fiancés n'étaient pas faits l'un pour l'autre. Il était le gardien de leur bonne fortune. Et il était le meilleur.

Les fiancés étaient très satisfaits des soins et de l'expertise de M. Vong. En voyant l'écriture lao sur leurs invitations de mariage, ses boucles et ses volutes, ses arabesques comme des rosettes, le couple s'était extasié :

— Oh, Monsieur Vong ! Monsieur Vong ! C'est merveilleux. Tout est parfait. Que c'est beau ! Qu'avez-vous de prévu en juin ? Il faut venir au mariage. Il le faut ! Nous n'aurions rien pu faire de tel sans vous.

Tous deux tout sourire, laissant voir leurs dents bien droites, d'une blancheur aveuglante.

Ce fut lors de la première danse des nouveaux mariés que M. Vong fit son audacieuse prédiction.

— Souvenez-vous de ce que je dis, poursuivit M. Vong. Ils ne feront pas un an.

Mme Vong répliqua :

— Aïe, pourquoi dis-tu pareille chose ? Parle moins fort ! le pressa-t-elle en lui assenant une tape sur le bras et en jetant un coup d'œil aux invités assis à leur table, de peur qu'ils aient entendu.

Mais toute l'attention était sur les mariés, des gens cherchaient la main de leur douce moitié, repensant à leur première danse devant leur famille et leurs amis, d'autres finissaient leur assiette pour pouvoir en redemander. On venait de servir un savoureux repas : salade de papaye, rouleaux de printemps, riz collant, poulet haché aux herbes fraîches et friandises enveloppées dans des feuilles de bananier.

— Moins d'un an. C'est ce que je prédis. Et vous savez que j'ai toujours raison sur ce genre de choses. Vous le savez, dit-il en désignant sa fille de vingt-sept ans.

Elle hocha la tête en signe d'accord, et il poursuivit :

— Si je paye le prix d'un homard entier, je veux un homard entier.

Il faisait référence au fait que chaque fois qu'ils commandaient du homard pour dîner – le plat le plus cher sur le menu –, M. Vong voulait s'assurer qu'il en avait pour son argent. Bouts de carapace ouverte, craquée, mâchouillée, M. Vong demandait que tout le monde remette les déchets sur l'assiette principale pour qu'il puisse réarranger les morceaux cassés, déplier les os pour leur redonner leur forme d'origine et réassembler le corps du homard pour voir s'il manquait quelque chose. Une fois, une pince, la moitié de la queue et quelques pattes avaient fait défaut. Il le savait ! Il avait appelé le serveur, avait fait tout un scandale à ce sujet et s'était assuré que tout le restaurant sût que lui, M. Vong, ne tolérerait pas une telle escroquerie.

— Je sais. Je sais ces choses-là, dit-il avant de retourner à son repas, rassemblant le poulet haché avec une boule de riz collant aplatie.

Comme de fait, moins d'un an plus tard, les mariés avaient divorcé.

Plus tard cette année-là, M. Vong fit une autre de ses prédictions. Cette fois, il se prononça au moment même d'ouvrir l'invitation au mariage. Il dit :

— Ah, ça n'aura même pas lieu.

— Papa, qu'est-ce que c'est ? Comment sais-tu que ça n'aura pas lieu ?

— Regarde ça. On a fait imprimer l'invitation dans un magasin haut de gamme du centre-ville.

— Ouais. Et alors ?

— Et alors, ils ne font pas de lettrage lao là-bas. Regarde, dit-il en pointant le texte de l'invitation, tout est en anglais.

— Peut-être que les mariés ne lisent pas le laotien.

— C'est sans importance ! La langue devrait être là, qu'on sache la lire ou non. C'est leur origine. Pourquoi l'écarter ?

Sa fille s'approcha pour voir l'invitation. Pas la moindre lettre lao sur ce carton-là. L'invitation était sophistiquée : un papier épais, on pouvait sentir les lettres surélevées en y passant les doigts, des reliefs argentés formant les noms, les adresses, les dates. Et comme de fait, la prédiction de M. Vong s'avéra. Le futur marié avait rompu les fiançailles pour une femme du nom de Sue. On avisa par téléphone. Le mariage n'aurait pas lieu. Annulé.

— Papa, sérieux, comment tu as su ?

— Écoute, je sais ces choses-là. On ne peut pas célébrer un mariage lao sans lettrage lao sur l'invitation. Et il faut y mettre son vrai prénom. Il a beau être long, c'est le prénom qu'on vous a donné. Pourquoi voudrait-on se faire appeler Sue lorsqu'on s'appelle Savongnavathakad ? Parce que, tu sais, la vraie Sue finira par épouser le gars si c'est écrit là sur l'invitation.

Quand ce fut au tour de la fille de M. Vong de se marier, il ne ménagea pas ses frais. Il commanda au Laos une encre étincelante faite à partir des ailes écrasées d'un insecte local rare. La poussière d'or était réelle et non artificielle – éclat vrai, lustre vrai, mariage vrai. Il imprima les invitations à la main et les laissa sécher sur un support métallique. Dix par tablette pour un total de deux cents faire-part, un nombre pair, toujours divisible par deux, un nombre important dans un mariage. M. Vong n'employa pas de ventilateur pour faire sécher l'encre, il voulait qu'elle sèche d'elle-même. Ce qui aurait pu ne prendre que quelques heures prit plutôt quatre jours. Pour lui, se servir d'une machine équivalait à tricher. Il fit tout ce qui était en son pouvoir pour que les invitations au mariage de sa fille soient parfaites et prêtes à être soumises à l'examen de l'univers.

Le jour du mariage, la fille de M. Vong portait une robe de mariée blanche sans manches. Elle était simple, sans dentelle ni attaches, mais le tissu cascadait le long de son corps comme une fontaine de lait.

Or, le marié n'y était pas.

Plaquée.

Lorsqu'il devint évident que le marié ne viendrait pas, la fille de M. Vong souleva le bas de sa robe et courut vers lui, furieuse.

— Tout est de ta faute, n'est-ce pas ? Les invitations. Quelque chose a dû mal tourner !

M. Vong se mit en quête d'une réponse, une réponse qui lui permettrait d'expliquer comment le mariage en était arrivé là.

— Je… J'ai trouvé une invitation derrière la porte, balbutia-t-il. J'ai dû l'oublier. Toutes les invitations doivent être envoyées en même temps. Il n'y avait qu'une seule invitation. Je ne savais pas que l'univers serait si cruel. Je suis désolé.

Ce n'était pas vrai, bien sûr. Pas le moins du monde. Il avait tout prévu ! Et maintenant, aucun va-te-faire-foutre-en-enfer ne pouvait faire de différence pour ce garçon. Mais comment dirait-il à sa fille que le garçon qu'elle aimait n'était pas gentil ou bon, qu'il ne l'aimait pas, que parfois ce qui ressemblait à de l'amour ne faisait que ressembler à de l'amour et n'était pas réel. Il ne pouvait rien faire d'autre que de dire :

— Oui, oui, c'était ma faute. Tout est de ma faute.

AU BORD DU MONDE

Quand j'avais quatre ans, ma mère et moi passions nos journées assises côte à côte sur le canapé, à regarder des feuilletons, à manger des chocolats et à rire. Le rire de ma mère était fort et indomptable. Elle ne se couvrait jamais la bouche, qui s'ouvrait si grand que je pouvais voir le chocolat à moitié mâché, écrasé contre l'intérieur de sa joue. Elle ne riait de cette façon que lorsque nous étions seules. Avec mon père ou en compagnie d'autres personnes, elle gloussait et mettait une main sur sa bouche. J'aurais voulu que tout le monde voie ce que je voyais quand nous étions seules.

Ma mère a appris à parler anglais en regardant ces feuilletons, et elle a vite commencé à mettre en pratique ses nouveaux acquis. Quand mon père n'avait pas faim, elle lui demandait avec qui était-il allé manger, pour n'avoir pas d'appétit ? Quand une chaussette venait à se perdre dans le sèche-linge, elle demandait où elle était passée, et si elle n'obtenait pas de réponse, elle accusait mon père d'avoir une liaison.

Mon père ne prenait pas ma mère au sérieux. Il s'efforçait d'alléger l'atmosphère, assurant que ça lui plairait bien si son travail ne l'occupait pas autant et que la vie était aussi pleine de liaisons potentielles comme se l'imaginait ma mère. Mais il reprenait ensuite son sérieux et disait :

— Tu n'as aucune idée n'est-ce pas ? De ce que c'est pour moi au travail. Tout le monde parle si vite en anglais, m'aboyant sans cesse de suivre le rythme. Parfois, je ne me sens même pas comme un être humain.

Mes parents ne passaient pas beaucoup de temps seuls ensemble, et quand ils le faisaient, il n'y avait pas de bars, de cafés ou de restaurants laotiens où sortir. À l'occasion, nous étions invités chez d'autres réfugiés laotiens. Il y avait ceux qui étaient là depuis longtemps, comme nous, et ceux qui venaient d'arriver. Ces soirées donnaient l'occasion de danser et d'écouter de la musique, de jouer aux cartes et de manger, de se remémorer le bon vieux temps. Ils riaient toute la nuit – légères et tristes bouffées d'air – et secouaient la tête, incrédules devant ce qu'ils avaient fait d'eux-mêmes dans ce nouveau pays.

Mes parents allaient à ces soirées pour entendre les nouvelles de chez eux ou demander ce qu'il était advenu de ceux qu'ils avaient laissés derrière. Qui était toujours là ? Leur maison était-elle encore debout ? Et s'ils avaient réussi à sortir du Laos, dans quel camp de réfugiés s'étaient-ils retrouvés ? Pour combien de temps ? Et où avaient-ils atterri ? Quand mes parents lisaient le journal ou regardaient les actualités du soir, ils n'entendaient jamais parler de ce qui se passait dans leur pays. C'était presque comme s'il n'existait pas.

Mon père était souvent au centre de ces soirées. Une vague de rires arrivait du salon et quand j'y jetais un œil, il était là, racontant à tout le monde ses histoires. Celle que tout le monde semblait aimer l'entendre raconter était l'histoire du *Yes, sir!*, et même si tous l'avaient déjà entendue, il la commençait comme si ce n'était pas le cas. Il leur racontait comment il disait *Yes, sir!* en anglais au travail chaque fois que quelqu'un lui disait quoi faire, mais il le disait avec le ton et la force d'un va-te-faire-foutre. Puis il faisait le tour de la salle et saluait tout le monde comme un soldat dévoué en disant *Yes, sir! Yes, sir! Yes, sir!* à la ronde. Il jubilait de savoir que les gens au travail le trouvaient si poli, si gentil.

Ma mère regardait, écoutait depuis la cuisine, mais ne participait jamais. Elle restait seule avec son assiette au milieu des Tupperwares, Pyrex, étuveuses, mijoteuses, ustensiles en plastique et assiettes de carton. Je lui tenais compagnie, elle m'expliquait ce qu'était chaque plat et comment il fallait le cuisiner. Elle faisait remarquer qu'il manquait certains ingrédients clés. Rien de ce qu'il y avait là n'était à la hauteur de son souvenir. Elle disait que la nourriture au Laos avait simplement meilleur goût et qu'un jour peut-être, quand je serais plus grande, nous pourrions y retourner en vacances. Elle disait tout cela en lao.

Un jour, une femme l'a entendue dans la cuisine:

— Votre fille comprend le lao?

Ma mère était fière que je garde quelque chose de l'ancien pays, même si je n'y étais jamais allée. La femme a rétorqué:

— Oh non, non! Oy! Il faut vous mettre à parler anglais avec elle. Comment va-t-elle s'intégrer lorsqu'elle ira à l'école?

La femme sortie de la cuisine, nous nous sommes moquées d'elle, si malade d'inquiétude à l'idée de ne pas être comme tout le monde, comme si pareille chose était désirable.

Plus tard ce soir-là, ma mère m'a envoyée jouer avec les autres enfants. Ils chahutaient et couraient en tous sens, se parlant en anglais. Je voulais jouer avec eux, mais ils me poussaient le bras sans arrêt en me disant que c'était « moi ». Je ne savais pas j'étais quoi au juste, mais chaque fois que j'essayais de m'approcher de l'un d'eux, que j'arrivais tout près, ils s'enfuyaient comme s'ils ne voulaient pas du tout jouer avec moi. Au bout d'un moment, je suis retournée à la cuisine. En me voyant, ma mère a demandé ce qui s'était passé, pourquoi j'étais revenue si vite. Je lui ai répondu:

— Ils ne font que parler anglais. Je ne sais pas à quoi ils jouent.

Elle a marqué une pause, puis elle a dit:

— C'est peut-être quelque chose qu'ils ont appris à l'école. Tu apprendras aussi, quand tu iras.

Les seules amies de ma mère, ou du moins ce qui s'en approchait le plus, étaient les caissières de chez Goodwill. Elles étaient gentilles et l'appelaient par son nom, la laissaient flâner dans les allées pendant des heures. Elles ne faisaient peut-être que leur travail, mais ma mère ne voyait pas les choses de cette façon. Une fois, elle leur a apporté des rouleaux de printemps enveloppés dans du papier d'aluminium, et elles sont allées les manger dans l'arrière-boutique pendant que nous regardions les vêtements. La façon dont ma mère arpentait les rayons, une main traînant derrière, c'était comme si elle ne cherchait rien en particulier. Je me suis demandé si elle n'aurait pas voulu qu'on l'invite à manger dans l'arrière-boutique. Pour la distraire de ses rouleaux, j'ai attrapé une robe jaune et la lui ai apportée. J'ai dit :

— Que penses-tu de cette couleur ?

Elle a regardé le prix – un dollar – et elle a hoché la tête. Avant de sortir du magasin, ma mère a jeté un coup d'œil aux caissières. Elle s'est tournée vers moi :

— Tu crois qu'elles ont aimé ?

Quand j'ai commencé l'école, ma mère a dû regarder les feuilletons toute seule ; elle me les racontait à mon retour. Il était toujours question de quelque liaison, d'un jumeau perdu ou retrouvé, quelqu'un dans le coma, un beau docteur. Au bout d'un moment, je ne voulais plus en entendre parler. J'ai commencé à lire des livres, et ma mère venait s'asseoir avec moi pour que je les lui lise. Elle me posait des questions sur les images à l'intérieur. Ceux qu'elle préférait étaient les livres à gratter et à sentir et les livres animés où des animaux sortaient des pages. Chaque fois que je tirais la languette de papier et qu'apparaissait un chat ou un chien, elle inspirait bruyamment, surprise et ravie. Dans un livre en particulier, à propos d'un mouton, il y avait un morceau de coton doux. Ma mère le caressait du doigt comme si c'était vivant.

Le soir, elle apportait un livre dans mon lit et insistait pour que je le lui lise. Il n'y avait pas trop de mots à l'intérieur. Parfois elle s'endormait tout de suite, mais quand ce n'était pas le cas, je lui inventais des histoires.

— Personne n'est jamais seul au monde, lui disais-je. Il existe toujours un ami quelque part pour tout le monde.

Elle devait avoir vingt-quatre ans à l'époque, mais elle semblait beaucoup plus jeune, et plus petite aussi. Je veillais sur elle et quand elle tremblotait, je remontais sa couverture en prenant soin de ne pas la réveiller. Des fois elle faisait des cauchemars. Je le savais à la façon dont elle respirait : des souffles courts et paniqués. Je tendais la main et lui caressais les cheveux, lui disais que tout irait bien, même si je ne savais pas si tel serait le cas ou ce que ça signifiait de dire ces mots-là. Je savais juste que ça aidait de les dire.

Je n'ai jamais pensé à demander à ma mère pourquoi elle dormait dans ma chambre la plupart du temps. J'étais simplement heureuse de ne pas rester seule dans le noir.

Un samedi matin, nous nous sommes aventurées dans la section des jouets chez Goodwill, et ma mère m'a choisi quelque chose. C'était une carte du monde, un puzzle, mille pièces en carton dans une boîte de papier pour cinquante sous. Chaque pièce avait une forme unique qui s'emboîtait aux autres. Il s'agissait de retrouver les pièces adjacentes quelque part dans cette pile de formes et de les agencer ensemble. Quand nous sommes rentrées à la maison et que je me suis installée pour faire le puzzle, elle n'a pas pris une pièce ni essayé de m'aider à l'assembler. Elle m'a simplement regardée faire. Elle disait :

— Celui-là ne va pas là. Essaies-en un autre.

Quand une pièce s'agençait, elle remarquait :

— Chaque pièce a sa place, n'est-ce pas ?

Je travaillais au puzzle quand je rentrais de l'école, et pièce par pièce, j'assemblais les couleurs. D'abord le bleu, qui représentait les océans. Puis les rouges, les verts, les orangés, les jaunes et les roses des différents pays. Quelques semaines plus tard, il ne restait plus qu'une poignée de pièces, et quand j'ai posé la dernière, j'ai annoncé avec fierté :

— Ma, j'ai fini !

Ma mère a regardé le puzzle et pointé vers une tache verte, disant que c'était là d'où elle venait. Un petit pays en bas tout à droite. Puis elle a pointé vers l'endroit où nous nous trouvions maintenant, une grande zone rose tout en haut à gauche. Au bout d'un moment, elle a pointé vers le bord du puzzle puis vers le sol, où il n'y avait rien.

— C'est dangereux ici, a-t-elle dit. On tombe.

— Mais non, ai-je répliqué, le monde est rond. Comme un ballon.

Ma mère a insisté :

— C'est faux.

J'ai insisté à mon tour :

— Quand on arrive au bord, on revient de l'autre côté.

— Comment le sais-tu ? a-t-elle demandé.

— La maîtresse l'a dit. Miss Soo l'a dit.

Il y avait un globe terrestre sur le bureau de Miss Soo à l'école, et chaque fois qu'elle parlait des océans, des continents ou de la tectonique des plaques, elle y indiquait où se situait ce dont elle parlait. Je ne savais pas si Miss Soo disait vrai. Je n'avais pas pensé à demander.

— C'est plat, a dit ma mère en touchant la carte. Comme ça.

Puis elle a balayé le puzzle de la paume et il s'est écrasé par terre. Toutes les pièces agencées se sont détachées les unes des autres, des heures perdues d'un seul geste.

— Ce n'est pas parce que je ne suis pas allée à l'école que je ne sais pas des choses.

J'ai pensé à ce que ma mère savait alors. Elle savait ce qu'était la guerre, ce qu'on ressentait quand on se faisait tirer dessus dans le noir, à quoi ressemblait la mort de près, dans vos bras, à tout ce qu'une bombe pouvait détruire. Des choses dont je ne savais rien, et il n'y avait pas de mal à n'en rien savoir là où nous vivons maintenant, dans un pays où rien de tel n'avait lieu. Il y avait beaucoup de choses que je ne savais pas.

Nous étions différentes et nous le savions, à l'époque.

Quelques semaines plus tard, nous sommes allées au parc. Il faisait froid et l'herbe était jaune sous une couche de glace grumeleuse. Plus tôt dans la journée, j'avais lu pendant que ma mère regardait la télévision. D'habitude, elle trouvait une émission pour la faire rire, mais ce jour-là, il n'y avait rien. Elle appuyait à répétition sur le bouton de la télécommande, zappant d'une chaîne à une autre, puis à une autre, jusqu'à revenir au départ.

Je me suis précipitée vers les balançoires, j'ai sauté sur l'une d'elles et me suis propulsée avec les jambes pour aller haut. Ma mère s'est assise seule sur un banc du parc, dans son manteau d'hiver bleu, face à moi. Elle n'était pas loin. Je l'ai appelée pour qu'elle prête attention à moi, qu'elle voie comme j'allais haut toute seule, mais elle avait la tête tournée, les yeux rivés sur autre chose.

J'ai arrêté de me balancer et je me suis retournée pour voir ce qu'elle regardait, perdant peu à peu mon ballant. Un homme était sorti en courant d'un immeuble d'habitation, en boxeur et t-shirt blanc. Il avait l'air agité, pressé, comme s'il n'avait pas prévu de sortir dans le froid habillé comme ça.

Une femme en tailleur-pantalon l'avait suivi dehors.

Ses talons hauts claquaient sur le trottoir comme un crayon sur une table.

L'homme s'est arrêté, puis s'est retourné et a crié :

— C'est fini. Toi et moi, c'est mort !

Quand la femme a voulu l'étreindre, il a refusé et s'est dégagé de ses bras.

Je suis allée rejoindre ma mère et me suis plantée devant elle, l'empêchant de voir le couple. J'ai dit :

— Rentrons.

Elle s'est tournée vers moi, il y avait des larmes dans ses yeux.

— Il neige, a-t-elle dit avant de détourner la tête.

Une fois, comme ça. D'une petite voix claire. Il neige. Mais de la façon dont elle a dit ça, elle ne parlait pas de la neige. Quelque chose d'elle que je ne saurai jamais. Alors ma mère m'a regardée à nouveau en disant :

— Je n'ai jamais à m'en faire à ton sujet, n'est-ce pas ?

J'ai fait oui de la tête, même si je n'étais pas sûre que c'était vraiment une question.

Peu de temps après, pendant la nuit alors que je dormais, elle est partie avec une valise. Mon père l'a vue partir, il me l'a dit. Et il n'a rien fait.

C'était il y a des années, mais je ressens encore la tristesse d'alors, dans l'attente de son retour. Je sais maintenant ce que je n'aurais pas pu savoir à l'époque : elle était plus que simplement partie, elle ne reviendrait pas. Je ne pense pas à ce qui l'a poussée à partir. Ça n'a plus d'importance. Ce qui compte, c'est qu'elle l'a fait. Que peut-il bien y avoir d'autre à réfléchir ?

Souvent, je rêve de son visage, encore jeune comme elle l'était alors, et même si je ne me souviens pas du son de sa voix, ma mère essaie toujours de me dire quelque chose, ses lèvres esquissant des formes que je ne peux pas entendre. Le rêve ne dure peut-être que quelques secondes, mais c'est tout ce qu'il faut, en fait, pour défaire le temps écoulé, posé là entre nous. Je me réveille de ces rêves à vif, encore enfant, même si j'ai aujourd'hui quarante-cinq ans, et je pleure sa perte encore et encore.

Mon père n'a pas fait de deuil. Il avait fait tout le deuil de cette vie en devenant réfugié. Perdre son amour, être abandonné par sa femme était un luxe, même, qui signifiait que vous étiez en vie.

L'autre soir, j'ai vu une image de la Terre au journal télévisé. Je l'avais déjà vue plusieurs fois et, bien que ma mère ne soit plus là, je lui ai parlé comme si c'était le cas.

— Tu vois ? Elle est ronde. Maintenant, on en est sûr.

Je l'ai répété à haute voix, et même si ce que je venais de dire avait disparu, je savais que c'était devenu un son dans le monde.

Puis je suis allée au miroir de la salle de bain observer le fond de ma gorge. J'ai ouvert grand la bouche, j'ai vu la chair rose, chaude et humide, et le centre sombre d'où sortait ma voix, et j'ai ri d'un rire fort et indomptable. Le son a pénétré dans la bouche d'aération, et j'ai imaginé les gens qui vivaient dans l'immeuble se demander d'où venait un son pareil, qu'est-ce qui pouvait bien faire rire une femme comme ça à cette heure de la nuit.

LE CHAUFFEUR D'AUTOBUS SCOLAIRE

Le chauffeur d'autobus scolaire s'appelait Jai. Son nom rimait avec chai. Il regardait les seins de sa femme sur une photo. Ils étaient fermes et moulés dans le haut en spandex blanc qu'elle portait. En dessous, le bas de son bikini n'était qu'un bout de tissu sur le devant, maintenu par de fines cordelettes nouées en petite boucle. Elle était assise sur les draps blancs d'un lit d'hôtel défait et regardait directement la caméra, les genoux repliés sous elle. Le chauffeur d'autobus scolaire pensait que sa femme avait l'air bizarre sur ces photos de vacances. Elle n'avait jamais posé comme ça avant, pour lui. Ses cheveux noirs étaient coiffés en longues boucles lâches et elle ressemblait à une poupée pour enfant: paupières bleues, longs cils artificiels, joues rondes et rosées, lèvres rouges. Elle ne se serait jamais, d'elle-même, maquillée ainsi. Ce bikini, elle ne l'aurait jamais choisi.

— *Hi kao*, chatte qui gratte, aurait-elle dit en secouant la tête en signe de désapprobation s'il avait même osé lui suggérer de porter quelque chose d'un tant soit peu révélateur.

Ce bikini avait dû être une idée de Frank.

— Oh, Frank. C'est vraiment un abruti, avait-elle dit, voulant en faire peu de cas.

Frank était son patron chez Coffee Time.

Le chauffeur d'autobus scolaire avait offert le voyage au Laos comme cadeau surprise à sa femme. Elle travaillait de longues heures ; elle méritait de belles vacances. Il avait acheté un seul billet d'avion (c'était tout ce qu'il pouvait se permettre à l'époque), pensant qu'elle irait seule voir sa famille. Mais lorsqu'elle avait demandé des congés à Frank, il avait accepté qu'elle y aille... à condition qu'il l'accompagne.

— J'ai toujours voulu visiter un pays étranger avec quelqu'un de la place, avait dit Frank.

Il était sur presque toutes les photos, souriant et posant avec les cousins, les parents, les grands-parents. Mais les photos de la femme de Jai en bikini blanc, c'était Frank qui avait dû les prendre. Elle apparaissait seule sur beaucoup.

Le chauffeur d'autobus scolaire et sa femme vivaient dans une maison en brique nouvellement construite : garage pour deux voitures, quatre chambres à coucher, deux salles de bain et sous-sol aménagé. Il y avait deux autres maisons exactement comme la leur sur la rue. Le promoteur était censé démolir le centre commercial et le parking voisins pour en construire d'autres, mais il y avait eu un problème avec les frais, les permis, le zonage – c'était devenu trop compliqué pour le constructeur. Il n'y avait donc que ces trois maisons identiques entre le parking d'un centre commercial et une grande tour d'appartements, donnant toutes sur une grande artère achalandée. Le promoteur devait vendre vite, aussi personne ne s'était demandé si le chauffeur d'autobus scolaire et sa femme pouvaient vraiment se le permettre. Mais ils possédaient leur propre maison, même s'ils n'avaient pas vraiment les moyens de payer l'hypothèque. Comment les auraient-ils eus, le chauffeur d'autobus scolaire travaillant à temps partiel et sa femme gagnant le salaire minimum chez Coffee Time ? Ils arrivaient à peine à payer leurs frais mensuels.

Parfois, lorsqu'ils étaient à court d'argent, la femme du chauffeur d'autobus scolaire rentrait à la maison avec de l'argent supplémentaire, disant que Frank lui avait donné une prime au boulot. Une prime pour son bon travail.

— Juste cette fois. La prime. Pour mon bon travail, disait-elle.

Frank les traitait bien à cet égard.

Depuis son voyage au Laos avec Frank, la femme du chauffeur d'autobus scolaire faisait plus d'heures au café. Elle rentrait désormais beaucoup plus tard. Au début, elle rejetait la faute sur les horaires de bus – ils ne passaient pas aussi souvent après la tombée de la nuit. Elle disait :

— Tu ne sais pas combien ça fait peur, d'attendre le bus à l'arrêt la nuit, pour une femme. Je tiens mes clés entre les doigts pour pouvoir me défendre contre les pervers. Tu n'as pas idée !

Ça n'avait pas de sens pour lui, mais elle avait raison. Il ne savait pas ce que c'était pour une femme. Le chauffeur d'autobus scolaire a proposé d'aller la chercher après le travail. Mais elle a ri en disant :

— Pas dans ton gros truc jaune.

Elle s'est donc arrangée pour que son ami Frank vienne la chercher sur le chemin du travail et la ramène aussi à la maison. Ils allaient au même endroit au même moment, après tout. Ce n'était que raisonnable.

Frank conduisait une Jaguar vert foncé. Une voiture de luxe. On n'entendait jamais le moteur quand elle se glissait devant chez la femme du chauffeur d'autobus scolaire pour venir la chercher ou la déposer après le travail. Il prenait bien soin de sa voiture. Même en hiver, quand il y avait de la neige, la voiture de Frank était toujours fraîchement lavée et polie. Toute l'année, il la gardait comme ça.

Quand le chauffeur d'autobus scolaire se rappelait le passé, il se souvenait de l'odeur de sa femme quand elle avait commencé à travailler au Coffee Time, un peu comme des grains de café brûlés. Il devait avouer qu'elle semblait plus heureuse maintenant qu'elle ne devait plus dépendre du transport en commun. Maintenant, elle sentait le cigare. Le cigare de Frank. Une odeur légèrement métallique, poussiéreuse. Frank fumait probablement dans la voiture. C'est pourquoi l'odeur se répandait ainsi sur elle.

C'est arrivé la première fois un samedi après-midi. Frank est venu à la maison. Il est arrivé dans sa Jaguar vert bouteille et l'a garée dans l'allée comme s'il vivait là, désormais. Le chauffeur d'autobus scolaire trouvait étrange que Frank vienne le week-end, alors que sa femme n'avait pas à se rendre au travail. Elle est allée lui ouvrir et l'a invité à entrer. Le chauffeur d'autobus scolaire regardait la télévision dans le salon, mais ils ne l'ont pas rejoint.

Sa femme a expliqué qu'ils devaient parler boulot.

— Très ennuyant, a-t-elle renchéri.

Ils sont montés à la chambre.

Derrière la porte fermée à clé.

Il s'est demandé ce qu'ils faisaient, s'ils étaient nus ensemble. Si c'était le cas, comment ils faisaient pour ne faire aucun bruit. Il ne voulait pas en faire tout un plat.

— Pourquoi ne veux-tu pas que j'aie des amis? a rétorqué sa femme quand il lui a demandé ce qui s'était passé dans la chambre avec Frank.

Il détestait les disputes. Il aurait fait n'importe quoi pour les éviter. Il avait pensé oublier toute cette histoire, mais il ne voulait pas être perçu comme un lâche ou, pire, un insensible. D'autres fois, quand il voulait protester, les affronter, Frank intervenait, le visage rouge et en sueur, les plaques blanches de ses cheveux humides et froissées, disant:

— Reste cool.

Il avait parfois la certitude que Frank se moquait de lui, mais y penser lui était tout simplement trop atroce. Comment en être certain, et à qui en parler ? Sa femme dirait qu'il était simplement jaloux de leur amitié et l'accuserait à nouveau de ne pas la laisser avoir d'amis. Il ne voulait pas passer pour un mari jaloux et possessif, même si c'est ce qu'il ressentait.

— Jay. Les gens forment ce genre d'amitié dans ce pays.

Il a cru un instant qu'elle parlait de quelqu'un d'autre, ou à quelqu'un d'autre. Puis il a réalisé que c'est ainsi qu'il s'appelait maintenant. Jay. Comme geai bleu en anglais. Un petit oiseau, un point dans le ciel. Il voulait rappeler à sa femme qu'il s'appelait Jai.

— Ça veut dire cœur en lao ! voulait-il crier. Mais elle lui rappellerait que les hommes dans ce pays n'élevaient pas la voix contre les femmes. Ou elle lui dirait de pratiquer son anglais.

— Personne ici ne sait que *jai* veut dire cœur, disait-elle. Qu'importe le sens ? En anglais, ça n'en avait pas.

Et l'anglais était la seule langue qui comptait en ce lieu.

— C'est comme ça, tout simplement, renchérissait-elle.

Et tant qu'à vivre ici, aussi bien apprendre, s'adapter et se décoincer un peu.

— Reste cool, disait-elle dans un anglais parfait, sonnant exactement comme Frank.

Le lundi matin, le chauffeur d'autobus scolaire s'est rendu au stationnement dégager son bus de la neige. Il a pris la pelle qu'il avait achetée chez Canadian Tire et s'est mis à pelleter autour des roues. Il était tombé plus de dix centimètres pendant la nuit, mais la neige était légère et poudreuse ; elle n'avait pas encore eu le temps de durcir ou de se transformer en glace. Elle était facile à pelleter. En moins de dix minutes, il avait enlevé la neige aussi facilement qu'il aurait épousseté. Du reste, ce n'était pas vraiment nécessaire, les pneus auraient pu sortir aisément, mais il l'a fait par habitude.

Il a songé à déneiger le toit du bus. Il ne voulait pas que la neige se détache en plaques et atterrisse sur une voiture roulant derrière lui. Mais même avec la pelle, il ne pouvait pas atteindre le toit et il n'avait pas apporté d'échelle. Pour le moment, il s'en contenterait. Quand le chauffeur d'autobus scolaire a eu fini de dégager les roues, il a jeté la pelle sur le plancher devant le siège avant et a mis le contact pour réchauffer l'intérieur. Depuis le siège du conducteur, il a remarqué un bout de papier jaune sous l'essuie-glace.

Un autre.

Il est ressorti, a attrapé le constat d'infraction et l'a plié jusqu'à en faire un petit carré. Il l'a glissé dans son portefeuille, sous une photo de sa femme. C'était une vieille photo d'elle, en noir et blanc, prise lorsqu'ils étaient encore au Laos. Elle souriait. Elle avait les cheveux séparés au milieu, un visage de tous les jours, le sourire timide. À côté de la photo, il y avait son permis de conduire sous un rabat de plastique. Il a regardé son prénom. Jai. Ça rime avec chai. Ça veut dire cœur. Cœur.

TU ME FOUS LA HONTE

Dehors tout est flou et humide, et on ne peut rien y faire. Les essuie-glaces sanglotent. Couic. Couic. Couic. La femme a garé sa petite voiture bleue dans une ruelle. Elle espère entrevoir sa fille, qui quitte le travail tous les jours vers seize heures.

La femme a déjà fait ça avant, s'asseoir dans la ruelle et attendre. Elle n'a jamais eu peur de se faire remarquer. Elle est certaine que la fille ne sait même pas quel genre de voiture sa mère conduit aujourd'hui, ni rien d'autre à son sujet d'ailleurs.

Quelques mois plus tôt, elle était allée chez sa fille et était restée sur le trottoir d'en face, dans l'obscurité, dans l'espoir d'un coup d'œil. Elle souhaitait voir si sa fille était heureuse, mais elle ne voulait pas se ridiculiser, à cause de son apparence. Ses cheveux étaient comme de la paille au toucher. Elle avait beau frotter, il restait toujours de la saleté sous ses ongles et l'odeur de la ferme s'attardait.

La femme avait remarqué de petites choses à l'extérieur de la maison. Une lumière s'allumant dans une pièce, la forme d'un sac-poubelle noir se dessinant au bord de la rue. Puis elle avait vu le visage de sa fille, encadré par la fenêtre de la cuisine comme une photo-portrait. Elle faisait la vaisselle à l'évier. Son mari était apparu, caressant la nuque de la fille avant de la faire se retourner en une danse lente. Elle avait l'air heureuse. Quand vous êtes mère, vous créez une vie et vous la regardez se dérouler d'elle-même. C'est ce que vous espérez, ce que vous voulez, mais quand ça arrive, ça arrive sans vous.

La femme était retournée à sa voiture et s'en était allée.

La femme a voulu appeler après son AVC, l'année précédente, mais elle ne voulait pas que sa fille entende ses troubles d'élocution ou voie que son visage s'affaissait désormais d'un côté. Elle ne voulait pas que sa fille pense qu'elle avait besoin qu'on s'occupe d'elle. Elle ne voulait pas être un fardeau. Il avait fallu six mois de thérapie avant qu'elle reprenne son apparence et sa voix. Parfois, quand elle ne faisait pas attention – lorsqu'elle riait par exemple –, on pouvait voir que certains de ses muscles faciaux étaient lents à réagir. La nourriture n'avait pas non plus le même goût qu'avant. Son sens du goûter allait et venait. La plupart du temps, tout avait un goût amer. Et toute cette amertume dans sa bouche était difficile à avaler.

Elle travaillait dans une ferme à l'époque. Une amie lui avait refilé le tuyau. Trouver du travail n'était pas facile après la fermeture de l'usine de plastique. Elle y avait travaillé quarante ans. Ça ne se faisait plus, ce genre d'emploi. L'usine avait versé une indemnité de licenciement, il lui restait donc un petit quelque chose après avoir dépensé toutes ses économies pour l'école de sa fille. Mais là n'était pas la question. C'était du travail qu'il lui fallait. Quelque chose à faire douze heures de temps. Au moins, elle savait conduire. Un ami lui a demandé si elle voulait bien les reconduire, lui et quelques autres, à la ferme où ils travaillaient, ce qu'elle a fait. Elle aimait bien leurs taquineries affectueuses, les blagues paillardes qu'ils racontaient, la façon dont ils l'incluaient dans toutes leurs histoires, leur façon d'accueillir l'autre, sans poser de questions. Quand ils ont mentionné que la ferme recrutait, elle s'est offerte.

— Mais tu sais conduire et parler anglais mieux que tous ceux que nous connaissons. Tu peux obtenir un emploi n'importe où.

Ce n'était pas vrai, mais elle n'a pas voulu rectifier. Par orgueil, elle a simplement dit :

— Je m'ennuie. Ce sera quelque chose à faire.

C'était bon d'être dehors, sur la terre, de sentir le soleil sur son dos. Elle arrachait les mauvaises herbes, celles avec des épines. Elle portait des gants pour se protéger les mains, mais de temps à autre, une épine assez fine et pointue traversait son gant. On ne répandait pas de désherbant ici, pas à côté des fraises récoltées et vendues sous l'étiquette biologique. Elle faisait tout ce qu'on lui demandait, même conduire le tracteur, ce qu'elle aimait bien. Être assise là-haut au-dessus de tout. Mais il n'y avait pas de travail pendant les mois d'hiver, et l'hiver comptait tellement de mois dans ce pays... Que quoi que ce soit y pousse était un miracle. Elle a dû chercher autre chose à faire une fois le froid installé.

Des carottes. C'est ce qu'elle a trouvé. Les carottes emballées à la ferme arrivaient des climats plus chauds et avaient parfois des formes inhabituelles. Elle éliminait celles-là. Aucune épicerie ne vendrait un truc ressemblant à un poing fermé en appelant ça une carotte. Chaque carotte a ses propres nœuds et excroissances. Aucune machine n'arrive à les peler toutes. Les lames se bloquent et il faut tout arrêter jusqu'à ce qu'un mécanicien vienne réparer. C'est moins cher de faire peler les carottes à la main. À la ferme, chaque personne n'est rien de plus qu'une unité de main-d'œuvre. Il faut arriver à l'heure et faire ce qu'il y a à faire. Se pencher, s'accroupir, soulever, cueillir, tirer. Le tout pendant huit heures, voire douze pour surmonter les caprices de la météo. Toujours s'adapter au temps qu'il fait.

Au début, les exigences physiques lui donnaient mal partout, mal aux genoux et surtout mal à la plante des pieds. Pas pendant le travail, quand l'esprit est occupé à déterminer et à faire ce qui doit être fait. C'est la nuit, après la douche, que la douleur venait.

Quand c'est arrivé, elle ne savait pas qu'elle faisait un AVC. Elle avait été fatiguée et avait passé trois jours clouée au lit.

Ce n'est qu'une fois qu'elle a réussi à se lever pour se laver le visage qu'elle a vu le côté droit de son visage affaissé dans la glace. À l'hôpital, on lui a dit que puisqu'elle était arrivée en voiture, elle était fonctionnelle et on ne pouvait rien faire de plus pour elle que de la garder en observation. On l'a renvoyée chez elle. Elle est donc rentrée, mais le côté droit de son visage continuait de s'affaisser, et son oreille s'est mise à la déranger, comme si elle était sous l'eau. Elle est retournée à l'hôpital en voiture et cette fois, on l'a gardée deux mois. Comment elle avait fait pour aller et venir comme ça, elle ne se l'expliquait pas. Mais elle avait eu de la chance. Quand on vit seul, il peut s'écouler un certain temps avant que quelqu'un découvre qu'on est mort. C'est connu, l'intérieur y passe d'abord. C'est ce qui sent quand on sent un corps mort. Ce sont les entrailles.

Près de vingt ans ont passé. Il pleuvait à l'époque aussi. Et elle avait attendu dans sa voiture près de l'école, exactement comme aujourd'hui. Sa fille avait ses habitudes. Elle quittait toujours l'école vers seize heures. Voyant qu'elle n'apparaissait pas à la porte, la femme était sortie de sa voiture. Elle avait interpellé la première élève qu'elle avait vue.

— Je cherche Chantakad?

L'élève avait répondu:

— Oh, vous voulez dire Céline? et avait pointé le doigt.

Elle était bien là, debout près d'un casier, en train de jeter des livres dans son sac à dos. À l'intérieur de la porte du casier, il y avait un petit miroir, des notes autocollantes, des aimants en forme de cœur.

En voyant sa mère là, la fille avait rapidement claqué la porte de son casier et fermé le cadenas. Puis elle s'était précipitée vers sa mère, l'avait poussée vers la sortie.

— Que fais-tu ici? avait-elle dit, pressant sa mère de marcher plus vite.

— Je suis venue te chercher, avait répondu sa mère. Il pleut.

— Ne t'avise plus d'entrer. Attends-moi dans la voiture.

— Et s'il t'était arrivé quelque chose ? J'étais inquiète.

— Ne fais pas ça, tu m'entends ?

Elles avaient traversé un parking. Le froid piquant de la pluie s'était fait surprenant, les frappant fort et il n'y avait pas moyen de se protéger, sauf de courir sous la pluie et de monter dans la voiture au plus vite.

— Et vas-tu arrêter de m'appeler comme ça ! Tout le monde m'appelle Céline maintenant, avait poursuivi sa fille en bouclant sa ceinture de sécurité d'un clic sur la banquette arrière.

— Céline ? D'où Chantakad devient Céline ?

— C'est qui je suis maintenant. Je m'appelle Céline. Et peux-tu ne pas parler à mes amis, s'il te plaît ? Tu me fous la honte.

Quel âge avait sa fille à l'époque ? Treize ans ? Treize ans et si sûre de tout. Quoi en elle, se demandait la femme, faisait si honte ? Était-ce la permanente ? Elle n'avait pas lu les instructions sur l'emballage et avait laissé le produit trop longtemps, si bien que les boucles lui collaient au cuir chevelu. Était-ce son blue-jean, acheté au marché aux puces, taille haute et flottant comme un drapeau autour de ses hanches ? Peut-être était-ce simplement le fait qu'elle était mère et que toutes les mères foutaient la honte. Peut-être que c'était quelque chose à dire simplement pour mettre plus de distance entre elles.

— Tu sais, avait-elle dit en se retournant pour faire face à sa fille.

Car c'était bien qui se trouvait là derrière, sa fille. Une étrangère aurait sans doute été moins dure.

— Tu ne comprendras pas tout de suite, mais un jour, quand tu seras toi-même mère, tu te souviendras de ce que tu viens de me dire et tu te détesteras. Tu ne sais pas ce que c'est que de mettre une vie au monde, d'avoir le corps éclaté comme ça. Et puis de devoir laver, baigner, nourrir ce petit paquet, ce petit paquet de pleurs, de rots et de merde. Et tout ça, je l'ai fait toute seule. Tu n'en as aucune idée !

Sa fille regardait par la fenêtre, comme s'il y avait quelque chose au loin. Elle avait poursuivi :

— Mais laisse-moi te dire ceci. Souviens-t'en et souviens-t'en bien. Personne ne veut vraiment être mère. Mais on ne peut pas en être certaine tant qu'on ne le devient pas.

Puis elle s'était retournée, avait mis le contact, tiré sa ceinture de sécurité par-dessus son épaule gauche, l'avait bouclée en place. Elle avait ensuite vérifié les trois rétroviseurs et attendu une éclaircie.

Couic. Couic. Couic. On frappe à la vitre, une silhouette se tient dehors, à côté de la voiture. Elle ne distingue pas qui. L'espace d'un instant, elle imagine que c'est sa fille. Mais quand elle baisse la vitre, un autre visage apparaît. Un homme en uniforme de police.

— Madame, vous ne pouvez pas stationner ici. Je vais devoir vous coller une contravention si vous ne bougez pas. Vous entendez ?

Elle s'excuse et démarre. Il est seize heures quinze et elle n'a toujours pas vu sa fille. Est-elle déjà sortie ? Couic. Couic. Couic. Difficile maintenant de distinguer ce qui se passe à l'intérieur ou à l'extérieur de la voiture. Le flou, l'humidité, la pluie, les sanglots.

GNIIIIK

L'été de mes huit ans, mon arrière-grand-mère m'a montré ses seins. Les miens commençaient à peine à se développer, ils étaient sensibles et douloureux. Ils n'étaient pas encore assez gros pour remplir un soutien-gorge, mais on pouvait les voir pointer sous mon t-shirt rose avec une licorne dessus. Les amis de mon frère les appelaient des piqûres de moustique.

Mon arrière-grand-mère vivait dans une maison avec ma tante, mon oncle et mes cousins. Nous étions toutes les deux seules dans la cuisine, les autres étaient dehors, dans le jardin. Elle trimbalait toujours un panier rempli de ses accessoires à tabac. Je l'ai regardée sortir un sac en plastique, y puiser un paquet de feuilles de tabac séchées et le rouler en une boule de la taille d'un chewing-gum qu'elle a ensuite placé sous le coin droit de sa lèvre supérieure. De temps à autre, elle crachait rouge dans une boîte de conserve vide. Si on ne savait pas, on aurait pu penser qu'elle crachait du sang. L'odeur était aussi forte que de l'urine croupie. On savait toujours quand elle se trouvait dans la pièce. Mais ça ne me dérangeait pas, et au bout d'un moment, je ne remarquais même plus l'odeur.

Elle a craché dans sa boîte de conserve, pointé ma poitrine et dit :

— Tu sais, tu commences à avoir des nichons.

Juste comme ça. Sans gêne ni subtilité.

— Tu devrais porter un soutif.

Puis elle a retiré sa chemise en coton, elle l'avait faite elle-même.

— Rien ne va plus à ce corps ni ne le soutient comme avant. On ne fait pas de vêtements pour les gens comme moi. On s'imagine que je ne vivrai pas assez vieux pour dépenser mon argent, je suppose.

Elle a fouillé dans son soutien-gorge fait à la main et en a tiré ses seins nus. Ils ressemblaient à des aubergines. Pas des aubergines fraîches tout juste achetées au supermarché. Des aubergines laissées un bon bout de temps dans le réfrigérateur. Elle a dit :

— Quand j'étais plus jeune, tous les garçons m'aimaient bien à cause de ces deux-là. Ils voulaient tous me peloter. Tu t'en rendras bien vite compte.

Je lui ai demandé où étaient les mamelons et elle a indiqué les lobes sombres tout en bas.

J'ai pensé à tous les seins que j'avais vus jusqu'alors. Ceux de ma mère étaient petits, avec de gros mamelons saillants comme des boutons roses.

— Ils étaient plus gros avant, tu sais, m'avait-elle confié un jour. C'est toi et ton frère qui m'avez fait ça. Me sucer tout le lait.

Et l'été dernier, un jour où mon frère m'avait laissée traîner avec lui et ses amis, l'un d'eux avait volé à son père un magazine avec une photo de femme nue en couverture. Comme eux, je regardais les seins.

Ils étaient magnifiquement gros, si gros qu'ils faisaient paraître sa tête petite.

Le garçon n'a pas laissé nos yeux s'attarder trop longtemps sur le magazine. Au lieu de cela, il a arraché une page entière, l'a déchirée en morceaux qu'il a vendus un à un. Un sein coûtait vingt-cinq sous, et pour les deux seins, il fallait payer un dollar entier. Il a déchiré la fourche poilue pour moi, disant que je pouvais l'avoir gratuitement. Mon frère, qui avait trois ans de plus que moi, a acheté le visage. C'était le moins cher, à seulement un sou. Plus tard, nous nous sommes retrouvés pour assembler toutes les pièces avec du ruban adhésif. Les autres m'ont demandé la fourche, mais je leur ai dit que je l'avais jetée du pont, même si elle était encore soigneusement pliée dans ma poche arrière. Je ne voulais pas qu'ils aient cette partie d'elle. Quelqu'un a tout de même mis le doigt dans l'espace où aurait dû se trouver l'entrejambe du mannequin et l'a fait tourner.

— Tu as peur? me demandait maintenant mon arrière-grand-mère, avec un sourire amusé.

Je n'avais pas peur. J'étais étonnée.

— Pourquoi ne ressemblent-ils pas aux seins des revues de femmes nues? ai-je demandé.

— Ne sois pas stupide. Tu crois qu'ils mettraient des trucs comme ceux-ci dans les photos ou dans les films? Pour rire, oui. Mais c'est pour de vrai. C'est à ça qu'ils ressemblent si tu ne portes pas de soutien-gorge… enfin, même si tu en portes un, peu importe. Tout finit par ressembler à ça.

Elle a haussé les épaules, soulevé ses seins puis les a remis dans son soutien-gorge en les tapotant comme de la pâte à pain.

— Et puis il y a autre chose, a-t-elle ajouté. La première fois qu'un mec va te dire «je t'aime», tes jambes vont s'ouvrir comme ça.

Elle a levé deux doigts et les a écartés lentement pour former un signe de paix. En écartant les doigts, elle a fait le bruit d'une porte aux charnières rouillées qui s'ouvre: gniiiik. Puis elle a fermé les yeux, rejeté sa tête en arrière et ri de sa propre vulgarité. Le son de son rire provenait surtout de sa gorge, comme une toux sèche.

J'avais toujours aimé la voir rire, comment son visage se remplissait d'innombrables rides autour de ses yeux, sur son front et ses fossettes. Quand elle ne riait pas, elle me laissait parfois lui toucher le visage et serrer la peau pour montrer là où son rire avait été. Maintenant, son rire n'était plus quelque chose que je voulais voir.

— Ça ne m'arrivera pas ! ai-je dit, secouant vigoureusement la tête d'un côté à l'autre et bombant le torse, remplie d'orgueil.

— Non. Surtout toi. Tu te crois tellement intelligente, mais au final, c'est ce qui t'arrivera. Ce « je t'aime » t'aura. Tout le monde s'y fait prendre, a-t-elle rétorqué en riant de plus belle. Ne va pas penser que tu fais exception. Je sais que tu n'es qu'une enfant, mais ça ne veut pas dire que tu ne peux pas savoir des choses. Ça n'a peut-être pas beaucoup de sens maintenant, mais ça finira par en avoir, un jour ou l'autre.

Quand ça m'est arrivé, ça ne s'est pas passé comme l'avait prédit mon arrière-grand-mère. C'était avec un homme qui n'avait plus le visage jeune. Il n'a rien dit qui ait quelque rapport avec l'amour. Et, après, il y avait une flaque de sang sur le drap gris.

En regardant rien que ça, ça aurait pu être vraiment n'importe quoi.

LE POMPISTE

Mary était d'avis qu'il y avait deux types de personnes dans le monde : celles qui étaient vues et celles qui ne l'étaient pas. Marie considérait qu'elle faisait partie de cette dernière catégorie.

Elle n'habitait pas la ville depuis longtemps, quelques mois à peine. La ville était connue pour ses plages et, pendant l'été, elle se gonflait de touristes, de leurs bavardages, de leur lotion et de leur chaleur. Une fois refroidie, la ville était rapidement abandonnée.

Mary avait trente-six ans. Elle vivait dans une petite maison blanche. C'était l'une des nombreuses maisons blanches du quartier, peintes ainsi à cause de l'intensité du soleil. Celle qu'elle habitait avait un toit plat ; on ne s'inquiétait pas de la neige ici. Ni du froid. La maison se constituait d'une chambre à coucher, d'une salle de bain et d'une cuisine. Chaque pièce comptait une seule fenêtre, et elles donnaient toutes sur le même pin. Ce n'était pas une vue agréable.

Mary travaillait de la maison. Elle était comptable indépendante. Elle ne voulait faire partie de rien, ne voulait pas avoir à relever de quiconque. Elle aimait le risque de voir toute l'entreprise réussir ou échouer avec elle. Pendant la période des impôts, elle obtenait souvent du travail en montant un cabinet ou un bureau de consultation temporaire. Toutes sortes de clients venaient la voir. Tous la surprenaient avec leurs besoins, leurs problèmes et leurs désirs. Comme le formulaire de déclaration demandait d'indiquer l'état civil, elle voyait toutes les étapes de l'amour. Il y avait le vertige initial d'avoir trouvé l'autre, l'ennui d'avoir été ensemble trop longtemps, l'angoisse de la séparation, la finalité d'un divorce, la bouée de l'espoir d'une réconciliation qui ne viendrait pas. Elle aimait passer ses journées à écouter les gens décrire comment tout s'était écroulé. C'était comme regarder une pièce de théâtre jouée là devant elle, les sentiments bruts et réels, tout cela de près. Elle n'avait pas besoin de ressentir ce qu'ils ressentaient, mais ce qu'ils lui disaient sur eux-mêmes ne la quittait pas.

Mary se souvenait toujours du dernier client de la période des impôts. C'était généralement le plus théâtral. L'année d'avant, ça avait été une femme qui travaillait pour le gouvernement. Instruite, aisée, financièrement indépendante. Elle disait que son ex-mari voulait réclamer les frais de garde d'enfant alors que c'était elle qui les payait. Mary avait examiné les papiers de la femme disposés sur la table et l'avait informée que puisqu'elle et son ex-mari n'étaient plus ensemble et que l'enfant vivait avec elle, c'était son droit de réclamer les déductions. Les yeux de la femme s'étaient remplis de larmes quand Mary avait commencé à remplir le formulaire. Ça avait duré un bon moment, Mary écrivant, la femme pleurant. La femme s'était excusée.

— J'ai été avec des hommes merveilleux, avait-elle dit. Des hommes qui m'ont vraiment aimée et qui ont pris soin de moi. Et qui m'estimaient. Mais ce n'est pas avec eux que c'est arrivé.

Son histoire ressemblait à une vieille et médiocre chanson country.

— Vu mon âge, je ne pensais plus pouvoir avoir de bébé. Alors quand j'ai rencontré ce type, je n'ai pas réfléchi. Soudain, je me retrouve enceinte. Après tous les tests, les traitements, et y avoir renoncé, il est le seul avec qui c'est arrivé. Et c'était le pire!

Mary avait continué à remplir les formulaires sans mot dire.

La station-service se situait à la limite de la ville, avant d'arriver à l'autoroute. Elle était vert vif, comme une balle de tennis. Facilement repérable à des kilomètres à la ronde. C'était là qu'il travaillait. Le pompiste. Il sortit lui faire le plein. Il n'était pas beau, mais elle aimait le regarder. La beauté ennuyait. Être laid, c'était être particulier, mémorable, inoubliable même. Il était plus laid que ça. Grotesque le décrirait mieux. Ce n'était pas encore le printemps et il y avait une fraîcheur dans l'air, mais l'homme était torse nu. Son poil lui dessinait des bernacles sur tout le torse. Mary pensa à des poils pubiens, négligés, mouillés, brillants. Il y avait quelque chose d'audacieux chez lui, à se promener à moitié nu comme ça.

De l'intérieur de la voiture, Mary appuya sur le bouton pour déverrouiller l'ouverture du réservoir d'essence. Elle regarda l'homme dans le rétroviseur latéral, où on l'avertissait que les objets dans le rétroviseur sont plus près qu'ils en ont l'air.

Il savait chaque fois quoi faire. Il s'approcha et ouvrit la porte du réservoir, mit la main à l'intérieur, dévissa le couvercle de l'orifice. Il se retourna, appuya sur quelques boutons de la machine, décrocha le pistolet et enfonça la buse. Mary entendit l'essence se précipiter à l'intérieur, impatiente et désespérée. Il fallut un bon moment pour remplir ce réservoir volumineux.

Elle l'avait souvent vu ainsi, mais ils ne se parlaient jamais. Il avait la réputation d'être quelqu'un dont les femmes tombaient amoureuses, quelqu'un qui les abandonnait quand cela arrivait, les laissant pleurer dans la rue sous sa fenêtre, le suppliant de leur expliquer pourquoi. Mary se demandait ce qu'il faisait pour qu'elles se perdent ainsi. Elle voulait savoir si ça pouvait lui arriver à elle.

Avec la chaleur de ses paumes, elle lissa les rides d'un billet. Elle pressa sur le visage de ce vieil homme, puis sur l'image d'un bâtiment blanc de l'autre côté. Tous les billets étaient verts dans ce pays. Il était facile de donner la mauvaise coupure. Elle vérifia que le nombre cinquante apparaissait bien aux quatre coins du billet, pour en être bien sûre. Il s'approcha du côté conducteur et elle entrouvrit à peine la fenêtre. Le billet glissa de la fente comme une langue et il l'attrapa par le bord. Mary appuya sur l'accélérateur et s'éloigna en vitesse.

La ville n'encourageait pas beaucoup la marche. Il n'y avait pas de trottoirs, que des fossés herbeux sur le bord de la route. La plupart des gens roulaient en pick-up à la même vitesse que sur la grand-route. Toutes les banques avaient un guichet à l'auto. La date limite pour déclarer à l'impôt approchait et Mary comptait sur une certaine visibilité pour attirer les clients. Il fallait un certain temps avant que quiconque la remarque. Elle avait dû installer son bureau dans un lieu public tôt cette année, prendre une longueur d'avance, surtout dans une ville comme celle-ci. Et puis l'argent supplémentaire serait bienvenu. Elle s'était entendue avec le directeur du centre communautaire pour qu'il la laisse y mettre son kiosque, en face de la bibliothèque. Elle installa un bureau pliable et son affiche sandwich. C'était l'endroit idéal, pensait-elle. Beaucoup de passants. Il y avait aussi une piscine et une salle de sport.

Il était inévitable, dans une ville aussi petite, qu'elle croise le pompiste. Elle n'était pas surprise de le voir au centre communautaire, bien qu'il n'avait pas l'air dans son élément. Tout son corps était couvert. Elle se demanda qui était à la station-service, lui étant ici.

Il la remarqua assise à son bureau et s'approcha.

— Hé, dit-il. Je peux vous poser quelques questions?

Elle n'aima pas son utilisation de ce premier mot. Hé. Comme si elle était quelque trou dans le mur où insérer ses questions.

— Vous devez prendre rendez-vous ! cria-t-elle.

Il y avait de la fureur dans sa voix. Elle tira sur le bas de sa jupe, qui avait remonté, révélant trop de ses jambes : ses chevilles osseuses, la courbe musclée de ses mollets, les plaques rugueuses de ses genoux, et la zone au-dessus qui ne bronzait pas. Sa garde-robe de travail était composée de deux jupes fourreau noires, d'une veste noire et de deux chemisiers noirs, l'un à manches courtes et l'autre à manches longues. Elle ne possédait rien d'autre, et les vêtements allaient en toute circonstance.

Il regarda autour de lui et dit :

— Il n'y a personne ici.

C'était vrai, mais elle était une professionnelle. Il ne pouvait pas simplement venir comme ça lui prendre son temps comme si ça ne coûtait rien.

— Je suis une professionnelle, monsieur, déclara-t-elle. Les professionnels fonctionnent par rendez-vous.

Il rit.

— D'accord, dans ce cas, je peux en prendre un ?

Alors qu'elle regardait son emploi du temps, il prit le siège devant elle.

— Oh. J'ai compris, dit-il. Toute de noir vêtue. La mort et les impôts.

Elle ignora son commentaire.

Elle lui tendit sa carte de visite et dit :

— Demain neuf heures, ça vous va ?

— Mais je suis ici maintenant.

— C'est exact, monsieur.

— Alors quel est le problème ?

— Pas de problème. Comme je l'ai dit, vous n'avez pas de rendez-vous.

Il eut l'air amusé.

— Je n'ai jamais rencontré personne comme vous.

Elle se demandait si cette déclaration se voulait un compliment ou non. Elle décida qu'il constatait simplement un fait. Il travaillait à la station-service, se dit-elle, comment aurait-il pu ?

— Ce sera tout, dit Mary, dessinant un petit cercle devant elle avec le doigt, une limite qu'il fallait tracer.

Il leva les mains, comme s'il se préparait à se faire arrêter, et dit :

— Madame, je vous aime bien. Allumée. Dure à cuire. Je vous verrai demain.

Il se leva et s'en alla.

Mary rentra chez elle ce soir-là, soulagée de ne pas avoir à passer par la station-service. Elle franchit volontairement trois dos d'âne sur la route. Veillant à rouler lentement, pour pouvoir sentir la voiture monter, monter, monter, puis redescendre. L'approche du rebond était plus agréable. Les yeux rivés au plafond de la voiture, la mâchoire lâche et ouverte.

À son retour à la maison, elle n'avait pas faim. Elle prit une douche, se lava les cheveux et cira son unique paire de chaussures. Elle lut un livre qui lui appartenait depuis qu'elle était petite fille. Il était question d'un monstre, mais il ne faisait pas peur. Quand elle avait quatre ans, elle voulait être la bête. Elle rugissait et se frappait la poitrine et personne n'a jamais dit que ce n'était pas comme ça qu'une petite fille devait se comporter. Elle pouvait être laide, relaide et plus laide encore. Elle lança le livre à travers la pièce. Il laissa une marque sombre sur le mur, comme une ecchymose. Être un monstre, une sorte de bête. Voir tout trembler, jusqu'au brin d'herbe le plus inutile. Elle voulait cela pour elle-même.

Le lendemain matin, Mary lissa ses cheveux noirs, se mit du rouge à lèvres sur deux doigts et se tapota les joues. Elle étendit la même couleur sur ses lèvres. Elle portait du noir, une de ses jupes droites et le chemisier à manches longues.

Le ciel était une longue masse grise insupportable et il pleuvait sur tout. Il était huit heures quinze lorsqu'elle arriva au centre communautaire. Au lieu de se diriger vers son bureau, elle alla aux toilettes. C'était propre, bien éclairé, spacieux. Elle s'assit sur le comptoir à côté du lavabo et remonta sa jupe jusqu'aux cuisses, écarta légèrement les jambes et plongea la main. Elle ferma les yeux. Cambra le dos. Porta un doigt à sa bouche, le serra entre ses dents, étouffant un gémissement de plaisir. Les néons étaient peu flatteurs.

Puis, elle alla s'asseoir à sa table et ouvrit son ordinateur portable, repassant sa liste de rendez-vous. Le pompiste avait un nom ordinaire. Un nom à occuper plusieurs colonnes sur plusieurs pages dans l'annuaire. Tout le monde connaissait au moins une personne de ce nom.

Un costume marron apparut, un truc d'occasion, ça ne faisait pas de doute. Un truc à larges revers. Appartenant à une autre époque et à quelqu'un d'autre.

— J'ai rendez-vous, dit-il.

— Asseyez-vous.

Mary posa les coudes sur le bureau et redressa l'échine. La plupart des gens fixaient un détail de son visage ou le mur derrière elle. Le pompiste la considérait tout entière.

Puis c'était fini et il était parti.

Mary sortit sous la pluie et chercha quelque chose de familier pour reprendre son aplomb. Quelque chose venait de s'ouvrir. Tout était mouillé et moite. Elle recula sous l'auvent, où il ne pleuvait pas, et remarqua un petit monticule de terre. Au centre de ce monticule, il y avait un trou – une entrée et une sortie. Elle imagina les réseaux sous ses pieds. Qui s'allongeaient à l'infini. Elle détestait qu'ils lui soient interdits – les fourmis et leur monde secret, travaillant ensemble et soulevant plus grand qu'elles. Aucune n'était comme elle, travaillant seule. Elle leva le pied et anéantit le monticule. Comme si rien n'avait jamais été là. Elles finiraient par le reconstruire. C'était là la magie qu'elles avaient, ensemble.

Quand Mary arriva à l'immeuble du pompiste, elle appuya sur le bouton de l'ascenseur pour monter au cinquième. Il ne montait pas assez vite à son goût, se hissant de secousse en secousse. Elle aurait pu prendre les escaliers. Ç'aurait été plus rapide.

Mary ne savait pas pourquoi elle était là, seulement qu'elle voulait y être.

Quand l'ascenseur arriva à son étage, un ding se fit entendre, comme une cloche de service sur un comptoir. Ses chaussures noires claquèrent sur le sol et quand elles s'arrêtèrent, la porte de son appartement s'ouvrit. Il servit à dîner. Il expliqua en détail. Comment tout allait se dérouler. Il dit que ce serait doux, tendre, aimant. Puis qu'il lui dirait qu'il ne l'aimait pas.

— Je mentirai, dit-il. Je n'aime pas les sentiments.

À la fin de la soirée, elle remarqua les toiles dans l'appartement. Il dit qu'il ne peignait qu'avec du noir. De très grandes toiles étaient appuyées contre le mur. Elles se ressemblaient toutes aux yeux de Mary, jusqu'à ce qu'elle y regarde de plus près. C'étaient les coups de pinceau. Chacun était particulier, distinctif. Elle inclina une toile dans la lumière, révélant là où le trait changeait, s'épaississait, tourbillonnait, là où il commençait, là où il finissait.

Elle allait rentrer chez elle quand elle le vit assis sur le lit. Attendant qu'elle fasse quelque chose. Elle resta donc.

Un temps, il fut tendre, doux, aimant. En sa présence, Mary ne voyait rien d'autre que le noir au centre de son œil. Le monde et ses petites villes s'évanouissaient. Quelle heure était-il, quel jour était-ce, où était le soleil dans le ciel ou y avait-il même été, Mary n'en savait rien. Elle ne voyait que lui.

— Je veux rester en toi, disait-il.

Il demeurait en elle, son corps à lui un appendice partant de son centre à elle.

Au bout d'un moment, il dit :

— Je ne t'aime pas.

Mary ne répondit rien. Elle voyait maintenant que ses yeux étaient gris. Et elle n'y était pas. Elle ne dit rien sur l'amour, ne demanda rien à ce sujet ni sur ce qu'il ressentait.

— Tu mens, dit-elle.

— Ne sois pas ridicule, rétorqua-t-il.

Quelle était la différence entre quelqu'un qui mentait sur l'amour et quelqu'un qui ne vous aimait pas ? Rien.

Cette nuit-là, Mary fit ses bagages et quitta la ville. Personne ne saurait qu'elle avait été là, que quoi que ce soit lui était arrivé à cet endroit. Mais c'était sans importance. Elle savait ce qu'elle était pour lui. Un vide qui serait immense.

UNE CHOSE LOINTAINE

De petits points noirs sur les murs prenaient d'abord naissance près du sol. Quand on ne faisait rien, ils s'étendaient jusqu'au plafond. Les moisissures ressemblaient à un champ de pissenlits noirs. C'est l'une des choses auxquelles je pense quand on me demande d'où je viens, où j'ai grandi.

Mes parents et moi vivions sur le coin d'une rue bordée d'arbres, aux pelouses bien entretenues et aux longues allées sinueuses menant à des maisons à plusieurs étages, mais nous n'habitions dans rien de tel. Nous vivions dans un petit une-chambre au sous-sol du premier bâtiment au coin de l'artère principale, avant le tournant de la rue menant plus profondément dans le quartier, avant les arbres verts et touffus. Mes parents dormaient sur un mince matelas en mousse à même le plancher du salon. Avant de partir au travail tous les matins, ils pliaient le matelas en huit comme une feuille de papier et le mettaient dans le placard à chaussures.

J'avais ma propre chambre. Ma fenêtre s'ouvrait sur un lot de stationnement où je ne voyais que l'une de deux choses : les phares ou le pot d'échappement d'une voiture.

Mon amie Katie vivait dans le même immeuble, mais son appartement avait un balcon et une vue différente. Matin et soir, nous faisions route ensemble vers l'école ou la maison, mais je ne l'ai jamais invitée chez moi. Je ne voulais pas qu'elle voie que mes parents n'avaient pas de chambre, alors j'étais toujours chez elle. Katie avait deux frères plus âgés qui allaient au secondaire. Ses frères jouaient au football, et ils étaient toujours entourés de leurs différentes petites amies, les embrassant dans la cage d'escalier de l'immeuble ou sur le canapé de leur salon. Je ne sais pas ce qui est arrivé au père de Katie, je sais juste qu'il n'était pas là, et j'en ai déduit que c'était quelque chose sur quoi il ne fallait pas poser de questions. Sa mère travaillait dans la même usine que papa.

Papa n'aimait pas que j'aille chez Katie. Il disait :

— Je ne veux pas que tu y ailles après l'école. Je ne veux pas que tu traînes avec ces garçons et leurs petites amies qui se sucent le bec dans l'escalier. Je ne veux pas que ça te donne des idées.

Ce que papa ne savait pas, c'est que j'en avais déjà, des idées. Tout le temps. C'est juste que personne n'avait envie de faire quoi que ce soit avec moi. Il pensait que la famille de Katie était une bande de moins que rien et que je finirais pareil en passant du temps avec eux.

Papa parlait toujours de la vie comme si elle se déroulait d'un seul coup sans nous laisser le temps de penser ou de faire quoi que ce soit à ce qui allait arriver. Il parlait comme s'il devait tout dire maintenant parce que nous ne nous reverrions plus jamais. Je levais les yeux au ciel et il en remettait de plus belle. Il revenait toujours à la différence entre Katie et moi, au fait que la vie ne m'apporterait pas les mêmes choses qu'à elle.

Il avait beau dire, il m'a tout de même accordé une chose que Katie avait. J'avais mentionné à quel point j'aimais la couleur rose des murs de la chambre de Katie. J'en parlais sans arrêt. Papa est donc sorti acheter un pot de peinture rouge et un pot de peinture blanche (la peinture rose coûtait plus cher parce qu'elle était populaire et qu'on la mélangeait pour vous au magasin). Papa a ajouté une lampée de blanc à la peinture rouge et a brassé le tout. La peinture encore humide sur le mur avait l'air rose, mais en séchant, elle a tourné au rose foncé, avec des taches de rouge là où elle n'était pas bien mélangée. Elle ne couvrait pas la moisissure. Je n'ai rien dit à ce sujet. Je me suis contentée de contempler les taches rose foncé et de sourire en moi-même. J'avais ma propre chambre, après tout, et il faisait de son mieux.

Papa travaillait dans une usine de vernis à ongles. D'abord à laver les planchers. Pendant qu'il nettoyait, il se tenait derrière les ouvriers sur la chaîne et les regardait détacher les étiquettes et les coller sur les flacons de vernis. Ça n'avait pas l'air très difficile, disait-il. Quand l'usine a fait des mises à pied et a réduit le salaire des travailleurs restants, beaucoup ont démissionné. Il y avait tout à coup des postes à combler sur la chaîne. Papa a fait une demande et obtenu le boulot. Il a aussi obtenu un emploi pour maman. Même si les travailleurs à la chaîne étaient maintenant moins bien payés qu'avant, c'était plus que ce que papa gagnait en tant que nettoyeur. Ils adoraient leur travail. La journée de travail était longue, mais l'emploi était stable et ils avaient leurs week-ends libres.

Papa m'a raconté qu'une fois, pendant la pause, un homme qui travaillait sur la chaîne avec lui avait parlé de sa façon de travailler, mimant sa rapidité, ramassant tout ce qui l'entourait. Papa pensait que c'était un compliment, alors il a fait semblant de tout ramasser aussi, convenant que c'était la meilleure façon de travailler. Il était heureux que quelqu'un à l'usine lui parle au lieu de s'étirer la peau sur le côté des yeux en se moquant quand il passait devant.

Ce n'est que lorsque le contremaître a licencié d'autres ouvriers qui n'arrivaient pas à suivre le rythme qu'on a commencé à venir le voir et à lui cracher un mot au visage. Un mot craché à moitié, qui prenait beaucoup d'air à prononcer, mais qui n'éclatait jamais tout à fait.

— Ce mot, *thief*, ça veut dire quoi ? m'a-t-il demandé.

Je n'ai pas voulu lui dire que ça signifiait « voleur ». Je voulais qu'il continue à aimer son travail, à se lever le matin avec fierté et détermination. J'ai dit que je n'avais jamais entendu ce mot-là, avant de détourner la tête pour ne pas avoir à lui faire face quand il a dit :

— Tout ce qu'il faut dans la vie, c'est de travailler dur. Tout simplement.

Dès notre retour de l'école, Katie et moi passions trois ou quatre heures ensemble au téléphone. Le bruit de nos familles en trame de fond, nous parlions de tout et de rien. Nous voulions être écrivaines, alors. Nous aimions voir à quel point nous saurions comment décrire nos journées dans le moindre détail, même si nous avions tous nos cours ensemble. Nous discutions des jolies filles de la classe, de leurs vêtements, de leurs coiffures, de leurs rires. Si l'une d'elles daignait nous adresser la parole, nous décortiquions chaque mot prononcé, relevant l'emplacement de chaque intonation, chaque silence et chaque rire, comme déchiffrant quelque code secret.

Nous finissions toujours par songer à comment ce serait d'être riche. Nous savions comment étaient les gens riches. Nous les voyions le matin, le jour de la collecte des déchets, sortir leurs poubelles à la rue. Incroyable mais vrai, ces gens avaient leurs propres poubelles et leur propre bord de rue. Nous devions aller jeter nos ordures dans un minuscule placard au bout du couloir et déposer les sacs en plastique dans un trou dans le mur. Katie et moi avions peur que quelqu'un vienne derrière nous et nous pousse aussi dans le trou. Parfois, avant de sortir les ordures, l'une appelait l'autre au téléphone pour la prévenir.

— Si je disparais, tu sais ce qui est arrivé, disait Katie.

Parfois, nous nous rendions ensemble au vide-ordures. Pour rire, nous nous poussions dans le dos l'une de l'autre en direction du trou, mais pas trop fort. Juste assez pour ressentir la peur et la laisser s'envoler.

Au premier étage de notre immeuble vivait un homme qui n'avait pas de travail. Il était assis près de la fenêtre toute la journée à fumer. Quand il nous voyait rentrer de l'école, Katie et moi, il lançait:

— Hé les filles! Sexsssy, et il riait comme si c'était une blague.

Il riait encore plus fort quand il voyait à quel point j'avais peur. Plus tard, il a laissé tomber le « Hé les filles » pour ne garder que le « Sexsssy ». Je détestais voir le point orange briller à la fenêtre au-dessus de nous.

Katie savait à quel point j'avais peur de lui. Elle me disait de l'ignorer, mais je n'étais pas comme elle et je n'y arrivais pas.

— Ne t'en fais pas, a-t-elle dit un jour, je vais m'occuper de lui.

Je ne voulais pas qu'elle fasse quoi que ce soit. C'était un homme adulte. Il était plus fort que nous deux.

Le lendemain après-midi, quand nous sommes arrivées et que nous l'avons entendu dire « Sexsssy », elle l'a regardé et a crié:

— On a douze ans! Vieux con pervers!

Et comme elle avait dit quelque chose, j'ai senti que je devais dire quelque chose aussi. J'ai donc crié:

— Je vais te le couper! On va bien voir qui est sexy!

Et nous nous sommes précipitées à toutes jambes à l'intérieur de l'immeuble pour rire comme des démentes dans la cage d'escalier. J'aimais le son de notre rire alors. Même s'il n'y avait que nous deux, il résonnait et se multipliait, donnant l'impression que nous étions bien plus.

Notre école était à quarante-cinq minutes à pied de notre immeuble. Nous prenions rarement le bus, sauf quand il faisait terriblement froid dehors, mais même là, nous marchions si aucune de nous deux n'avait les cinquante sous pour le passage, ce qui était le cas la plupart du temps. Demander cinquante sous, c'est comme demander un million de dollars. Quand on ne l'a pas, on ne l'a pas. Une fois, papa, pour me donner une sorte de leçon alors que je lui demandais des sous pour le passage, m'a répondu :

— Tu sais combien il est difficile de gagner cinquante sous ? Sors, pour voir, et essaie de trouver même un sou.

Ce que j'ai fait. Je suis sortie chercher des pièces de monnaie par terre, sans succès. Quand je suis rentrée, je n'ai pas dit mot. Je n'avais pas pu ramasser un sou, j'ai donc compris combien il était difficile pour lui d'en gagner cinquante. Et pourtant, en me couchant ce soir-là, j'ai senti quelque chose de froid sous mon oreiller. C'était deux pièces brillantes de vingt-cinq sous.

Une clôture en mailles de chaîne séparait la ruelle derrière l'immeuble d'un boisé vert et dense. C'est ce qui séparait notre bâtiment de toutes ces jolies maisons plus loin dans la rue. Un petit ruisseau coulait au milieu de la forêt, et depuis le balcon de Katie, on aurait dit une raie de côté sur une tête aux cheveux foncés. Nous nous accrochions à la clôture métallique pour nous hisser peu à peu par-dessus jusqu'à l'autre côté. Puis nous trouvions un endroit où nous allonger sur l'herbe et nous nous décrivions ce que nous voyions. Nous y allions pour passer le temps et éviter notre chemin de retour habituel.

Un jour que nous étions dans les bois, Katie a dit que la police avait découvert un cadavre par là. Une fille d'environ notre âge.

— Tu as déjà vu un cadavre ? m'a-t-elle demandé.

J'ai pensé à ma grand-mère à ses funérailles. Elle avait l'air si paisible qu'on aurait dit qu'elle ne faisait que dormir. Quand je l'ai dit à Katie, elle a répondu :

— Ouais, c'est comme ça quand c'est naturel.

Puis Katie s'est allongée sur le sol, étendant les bras et les jambes en forme d'étoile de mer. Son visage est devenu sans expression et elle fixait le ciel. Elle est restée comme ça pendant une dizaine de minutes, sans bouger ni dire quoi que ce soit. Dans l'ombre, sa peau avait l'air bleue et sa clavicule saillait. Je n'aimais pas le silence, ni me sentir seule dans la forêt.

Les arbres au-dessus de moi avaient l'air humains, je pouvais presque sentir leurs branches se tendre vers moi.

— Katie! Arrête! ai-je crié. Lève-toi!

Elle ne bronchait pas.

Je lui ai donné un coup de pied dans la jambe.

Elle s'est mise à rire. De petits sursauts de rire doux comme si quelqu'un la chatouillait. Et puis elle a poussé un grand cri. Elle a continué à crier et à hurler, des taches rouges lui couvrant le visage, et je me suis mise à hurler avec elle. Nous étouffions nos rires entre les cris. Nous savions que nos cris étaient pour rire parce que nous le faisions ensemble, mais j'ai tenté d'imaginer ce que quelqu'un qui nous entendrait penserait.

— Je t'ai bien fait peur, a-t-elle dit quand nous avons fini par nous calmer.

— Pourquoi as-tu fait un truc pareil?

— Juste pour voir ce que tu ferais. Tu vois comme personne ne vient quand ils t'entendent crier? Tu es laissée à toi-même.

On aurait dit papa qui me donnait des leçons de vie. Elle a ajouté:

— Quelqu'un a abandonné le corps de la fille ici. Tu sais, ça aurait pu être moi. J'ai vu une photo d'elle dans le journal.

Elle s'est assise et a balayé les feuilles de ses vêtements. Elle a ri à nouveau et a dit:

— Allez, il commence à faire nuit.

Nous sommes retournées à notre immeuble, mais Katie s'est arrêtée et m'a dit de ne pas bouger. Elle a enlevé les bretelles de son sac à dos rouge, a ouvert une poche et y a plongé la main. Elle m'a tendu un lourd livre gris.

Un dictionnaire.

J'y avais pensé toute l'année, y jetant un œil chaque fois que nous allions à la bibliothèque de l'école. J'avais songé à le voler, mais j'avais trop peur de faire pareille chose. Katie a dit:

— Écoute, je sais que tu le voulais. Alors voilà.

Elle l'a poussé contre ma poitrine.

— Prends-le.

J'ai mis le dictionnaire dans mon sac à dos et j'ai vite refermé la fermeture éclair. Puis, pour une raison quelconque, nous avons toutes deux couru vers la clôture métallique en hurlant comme si quelqu'un nous poursuivait et nous rattrapait. Une fois arrivées là où nous habitions, nous avons pris des chemins séparés sans échanger un mot.

Peu après cet épisode, Katie et moi avons perdu le contact. Sa mère a obtenu une promotion à l'usine de vernis à ongles et sa famille a quitté le quartier. C'était peut-être pour ça. Ou à cause de l'école secondaire. Je n'y pense pas trop, c'était comme ça. On se perd, ou ce qu'on connaît de l'autre se perd.

Mais avant de nous perdre, lors de notre dernière soirée ensemble, nous avons regardé le coucher de soleil sur son balcon. Nous n'en avions jamais vu de pareil. Ça avait quelque chose à voir avec la position de la Terre dans l'univers. Un alignement planétaire rare. Le soleil était gros et brillant. J'ai dit :

— Ça a l'air tout près, non ? Comme si on pouvait s'y rendre et en ramener un morceau.

Elle s'est penchée et a fait mine d'attraper l'air.

Je me suis rappelé ce soir-là, Katie, tout ça, parce que j'ai cru l'apercevoir. J'étais au passage piétonnier, rentrant chez moi après un quart de nuit à nettoyer des tours à bureaux au centre-ville. En l'apercevant de l'autre côté de la rue – sa démarche assurée, les épaules rejetées en arrière, regardant droit devant –, je savais qu'elle avait réussi dans la vie. Elle portait un veston sombre, une jupe droite et un porte-documents. Elle était comme je l'avais connue, seulement plus allongée et grandie, puissante, aux commandes.

Je voulais courir vers elle, lui demander si elle était mariée ou si elle avait des enfants, si elle était heureuse. Mais si je lui posais ces questions-là, elle voudrait probablement savoir ce que je devenais, et je ne souhaitais pas parler de moi. Je ne voulais pas qu'elle me voie dans mon uniforme et mes chaussures de travail. Parfois, les gens vous regardent d'une façon qui vous donne l'impression d'avoir à vous expliquer.

Puis j'ai pensé à papa qui m'attendait à la maison, toujours dans le même bâtiment que Katie et sa famille avaient quitté. Et je ne voulais pas avoir à expliquer ça non plus. Le feu a viré et j'ai regardé Katie s'éloigner du reste de la foule.

Quand je suis rentrée à la maison, papa m'a demandé comment s'était passée ma nuit au travail et ce que j'avais nettoyé. Puis il a dit :

— Assieds-toi, mange.

Je voulais lui dire qu'il avait eu tort au sujet de Katie. Elle n'était pas une moins que rien. Katie et moi avions été amies. Bonnes amies, même. Le souvenir de notre amitié, qu'elle avait eu lieu, valait quelque chose à mes yeux. Je voulais le lui dire, mais il a dit que la moisissure sur les murs revenait et que je l'avais laissée échapper à tout contrôle.

EN CUEILLANT DES VERS

Je me souviens de ce matin-là parce que je me suis réveillée dans une obscurité telle… Ma mère est venue me réveiller. Elle est entrée dans ma chambre et a dit que j'étais désormais assez grande pour aider à gagner un peu d'argent.

Elle m'avait trouvé un travail avec elle à la ferme porcine. Elle était vêtue d'un habit de jogging bleu foncé. Elle m'en a lancé un pareil et m'a dit de m'habiller. Puis, alors que je me tenais sur les marches de l'entrée, attendant qu'elle ferme à clé, elle m'a tendu deux boîtes de soupe dont les étiquettes avaient été décollées. Elles étaient remplies de riz non cuit. Je n'ai jamais pensé à demander à quoi tout cela servait, je l'ai juste suivie, encore embrumée de sommeil.

Ma mère nous a conduites – il n'y avait qu'elle et moi – jusqu'à la ferme porcine. Elle aimait bien conduire. Elle avait passé son permis peu avant. Elle avait échoué quatre fois à l'examen, mais elle y était retournée jusqu'à ce qu'elle réussisse.

Elle avait acheté la voiture à notre voisin. Sa fille allait à l'université, quelque part loin, et ne pouvait pas y emporter sa voiture. Elle était orange vif et avait la forme d'un jujube.

Elle avait des vitres teintées dont ma mère n'avait pas besoin. Nous sommes parties dans le silence, radio éteinte, les phares de la voiture nous menant dans l'obscurité. J'avais baissé la vitre parce que je voulais que l'air froid me réveille.

Je ne savais pas dans quel genre de travail ma mère nous avait engagées, accoutrées de la sorte à une heure du matin. Une amie m'avait dit qu'il y a toujours de l'emploi à la ferme porcine, pour ceux qui ont le cœur assez solide. Nettoyer la merde par terre, laver les porcs encore vivants, juste avant qu'on les embarque sur le convoyeur. Ou frotter les mâles pour les exciter à s'accoupler. Je n'avais pas envie de faire ce boulot et j'espérais que ma mère ne m'avait pas enrôlée pour ce genre de chose. Mais un travail, c'est un travail, et même dans ceux-là, on peut garder sa dignité.

Mon premier jour ne s'est pas bien passé. J'ai fait tout de travers. Ce qu'on me demandait de faire ne s'avérait pas si facile.

Ma mère et moi étions les seules femmes. Il y avait une quinzaine d'hommes, tous laotiens comme nous. Nous étions ce qu'on disait de nous : gentils. J'avais déjà vu ces hommes aux soirées de cartes où ma mère allait. Elle préparait les repas avec leurs femmes à la cuisine. Quand nous nous asseyions tous pour manger ces soirs-là, tout le monde parlait de son travail, de ses patrons, de la difficulté de la vie au pays, de sa venue dans le pays où nous vivons maintenant – mais personne ne pleurait ni ne se morfondait. Tous riaient. Plus l'histoire était triste, plus le rire était fort. C'était toujours un concours. Chacun tentait de surpasser l'autre avec une histoire encore plus tragique et un rire encore plus fort. Mais ici personne ne riait. Tous les visages étaient sérieux.

Dans le champ, ma mère a mis une sorte de lampe frontale – petite, avec une lumière rouge –, ce qui lui libérait les mains. Elle a sorti les boîtes de conserve pleines de riz et m'en a tendu une. Je l'ai suivie, tentant de mimer ses gestes. Elle a d'abord balayé le champ du regard et a choisi un endroit loin des autres travailleurs. Ils bavardaient, a-t-elle expliqué, et le son de leurs voix faisait baisser le compte.

Puis elle s'est accroupie et a posé la boîte de soupe sur le sol près de sa cheville. Quand elle avançait, elle déplaçait aussi la boîte pour l'avoir toujours à portée de main, tout près. Nous étions censées porter des gants, mais ma mère n'en mettait pas. Elle disait qu'on avait une meilleure prise ainsi. Après chaque prise, je l'observais tremper les mains dans la boîte de conserve et frotter le bout de ses doigts dans le riz dur. C'est comme ça qu'elle gardait les doigts secs. Elle m'a confié qu'elle avait toujours froid aux mains, mais qu'elle devait les garder à la même température que les vers de terre, sinon ils sentiraient la chaleur de ses mains et s'échapperaient avant qu'elle s'en approche.

À son passage, elle tirait les vers de la terre fraîche à mains nues et les laissait tomber dans les récipients en polystyrène attachés au bas de ses jambes avec un chouchou. Chacun avait sa façon d'attacher les contenants. Certains les fixaient à leurs jambes avec des bandes de tissu ou des élastiques, d'autres avaient cousu des poches sur le bas de leur pantalon. Au fond des contenants, il y avait quelques brins d'herbe fraîche, de sorte que les premiers vers ramassés tombaient sur un petit coussin et ne heurtaient pas trop fort le fond. Ça donnait aux vers quelque chose de familier, pour qu'ils ne se mettent pas à paniquer, à se tortiller dans tous les sens et à se faire mal. En une demi-heure, ma mère avait fait quatre allers-retours dans le champ et avait déjà déversé huit contenants dans une grande boîte en polystyrène, à côté de laquelle se tenait le surveillant, qui gardait le compte de sa récolte.

Au début, j'oubliais ma boîte de riz en me déplaçant le long du sillon et je laissais la substance gluante s'accumuler sur mes mains, ce qui m'empêchait d'avoir une bonne prise. Je perdais du temps à chercher la boîte de conserve dans le champ et j'oubliais où j'avais ramassé les derniers vers. Je ne restais pas accroupie, près de la terre. Après chaque prise, je me levais, et le temps de remettre mes doigts dans la terre, tous les vers avaient disparu. Ils m'entendaient arriver. J'ai donc tenté de rester accroupie comme ma mère. Même là, lorsque j'en trouvais un paquet et tirais dessus, ils ne sortaient pas du sol lisses et entiers, mais en morceaux. J'avais tiré trop fort et leurs corps étaient cassés.

Le moyen le plus simple d'avoir un bon rendement était de tomber sur un tas de vers emmêlés, s'accouplant les uns aux autres. Une fois que vous en aviez découvert un, c'était une question de vitesse, car les vers au bas du tas commencent à retourner à la terre. Mais ma mère attrapait ceux-là aussi. Elle tirait lentement à rythme égal, donnant aux vers assez de temps pour lâcher la terre où ils tentaient de se glisser et en ressortir entiers dans sa main. Elle remplissait facilement ses récipients en polystyrène, tous les corps intacts.

Je n'aimais pas la sensation des vers dans mes mains, froids, gluants, crus. Aucun doute sur le fait qu'ils étaient vivants. Ils n'arrêtaient pas de se glisser et de se faufiler partout, étirant leur corps à une longueur telle que je n'étais même pas sûre qu'il s'agissait des vers que je venais de cueillir. Je sentais leur corps battre et palpiter, me chatouiller les mains et me donner des petits coups de tête ou de queue – l'une de leurs deux extrémités, je ne savais jamais dire laquelle. J'avais envie de crier, de hurler à quel point tout ça était dégoûtant et de les rejeter par terre, mais je ne voulais pas faire honte à ma mère devant tout le monde. Alors j'ai tenu bon. Beaucoup voulaient ce travail, j'avais eu de la chance que ma mère me le trouve.

En rentrant à la maison plus tard ce matin-là, toujours dans l'obscurité, ma mère a dit :

— C'était amusant, non ? Cueillir ensemble comme ça.

Comme je ne disais rien, elle a ajouté :

— Tu n'as pas trop bien fait pour ton premier jour, hein ?

Je n'avais ramassé que deux contenants par rapport aux possibles centaines de ma mère. J'avais mis si longtemps à remplir les récipients que les vers que je ramassais s'empilaient et écrasaient mes prises précédentes. Je ne m'étais pas attendue à ce qu'ils deviennent trop lourds. J'avais un tas de vers morts pour lesquels personne ne paierait. Il fallait qu'ils soient vivants pour avoir de la valeur.

— La prochaine fois. La prochaine fois, tu en auras plus, a dit ma mère. Tout le monde a du mal le premier jour.

J'ai songé à mon père à ce moment-là, à ce qu'il penserait de nous, cueillant des vers de terre. Qu'en dirait-il ? Mon père était un homme bon. Personne le connaissant n'avait quoi que ce soit de mal à dire à son sujet. Il est mort très tôt dans ma vie. Je peux à peine me rappeler son visage. Je me souviens qu'il me traitait de laideron. Ma mère disait qu'il m'appelait comme ça pour que mon apparence ne me monte pas à la tête. Elle affirmait qu'on pouvait s'occuper de son apparence une fois qu'on avait étudié et trouvé un bon emploi. Seulement ensuite l'apparence vaut quelque chose. Pas l'inverse.

Je me suis souvent demandé si ma mère allait se remarier. La plupart des gens que nous connaissions étaient mariés ou avaient quelqu'un dans leur vie. Quand je lui ai demandé si elle se sentait parfois seule et triste, dans sa chambre, à écouter ses cassettes d'Elvis tard dans la nuit, elle a répondu :

— Tu veux que je fasse quoi ? Que je me prenne un de ces Blancs ? Imagine un peu. Pour qu'il me demande de lui dire des trucs comme « *Me love you long time*[8] » et me saute comme un de ces porcs. J'ai ma fierté et aucun homme ne va me rabaisser. J'aime autant être seule.

On pourrait dire que j'étais gâtée ; je n'avais jamais travaillé. Mais j'avais quatorze ans, j'arrivais à l'âge où il coûtait de

8 « *Me love you long time* », « Je t'aime depuis longtemps » est une phrase caricaturale provenant d'un dialogue du film *Full Metal Jacket* de Stanley Kubrick et qui a fait son chemin dans la culture populaire pour dénoncer l'objectivation sexuelle des femmes asiatiques et se moquer de leurs partenaires blancs.

l'argent à ma mère de m'entretenir. J'avais de bonnes notes, et elle avait cette idée que j'irais peut-être à l'université un jour.

Dans son pays, elle n'était jamais allée à l'école. Elle disait qu'une famille devait avoir de l'argent pour ça, et même quand il y avait eu de l'argent, il était allé à ses frères.

— Un beau gaspillage, si tu veux mon avis, m'avait-elle confié.

Elle avait vu les écolières dans leur chemisier à col blanc et leur jupe bleu marine se rendre à l'école pendant qu'elle surveillait les poulets dans la cour. Elle était chargée de faire rentrer tous les poulets jusqu'à la propriété. Ce n'était pas un travail difficile. C'était juste quelque chose qui devait être fait pour sa famille.

— J'étais une paysanne. Tu ne sais même pas. Je voulais porter une de ces jupes bleu marine et un chemisier à col blanc, mais je savais que ça ne serait jamais pour moi. Mais ça sera pour toi. Tu seras l'une de ces filles qui vont à l'école en jupe bleu marine et en chemisier à col blanc. Je ne l'ai peut-être pas été moi-même, mais j'ai mis au monde quelqu'un qui le sera. J'ai de quoi être fière.

Je n'ai pas dit à ma mère qu'on ne portait pas d'uniforme à l'université, ici. Je voulais lui laisser ses rêves.

Je suis retournée cueillir des vers de terre tous les samedis matin à la ferme porcine. Le reste de la semaine, ma mère y allait seule et cueillait avec les habitués. Je suis devenue très douée, mais pas autant que ma mère. C'était une cueilleuse-née, si une telle chose existait. Elle ne cueillait pas comme les autres. Déjà, elle était la seule à aller pieds nus.

— Je n'aime pas ces chaussures en caoutchouc, disait-elle, je sais qu'ils m'entendent arriver. Comme ça, mes pieds ne font pas un bruit.

Parfois, elle éteignait même sa lampe frontale et avançait à tâtons le long du sillon. Elle n'avait pas besoin de les voir pour savoir où étaient les vers, les cueillant à l'aveuglette et les rapportant en grand nombre. Ma mère les appelait la « merde de la terre ».

— Comme j'aime la merde de la terre, disait-elle après chacune de nos cueillettes.

Quand j'étais fatiguée, elle me disait de prendre une pause. J'allais m'asseoir dans la voiture et la regardais travailler dans le champ. On ne saurait pas, rien qu'en regardant, que tous ces gens cueillaient des vers. À cette distance, on aurait dit qu'une femme riche avait perdu une bague en diamant et que tout le monde avait reçu l'ordre de la retrouver. Je savais que ma mère était là aussi, même si je ne savais pas où exactement. Je ne m'inquiétais pas pour elle, elle émergerait d'un moment à l'autre pour aller ajouter à son compte de vers.

Quand j'avais du temps à moi, je pensais souvent à mon père. On n'est pas censé avoir des souvenirs de quand on a deux ans, mais moi si. Tout ce que nous voulions, c'était vivre. Y mettre des mots, c'est ramener ce qui s'est passé. Il était là, la tête hors de l'eau, nous faisant traverser la rivière, à moi et à ma mère, et puis je me suis retournée et j'ai vu sa tête disparaître sous l'eau. Il est réapparu et sa bouche s'est ouverte, mais il n'a pas fait de son et il a replongé. Je ne savais pas nager et ma mère non plus. Elle a pourtant réussi à nous faire traverser en s'accrochant à un pneu en caoutchouc. Puis, ma mère m'a demandé si j'avais vu ce qui était arrivé à mon père, et j'ai répondu que non. Je ne voulais pas qu'elle sache. Maintenant, j'aime à croire qu'il a fini quelque part en Malaisie. Il a peut-être perdu la mémoire et vit dans une nouvelle famille. Juste de savoir qu'il vit, ça me suffit.

Son dernier son n'en était même pas un.

Je ne voulais pas aller au bal de l'école. Mais ma mère a insisté, disant que je ne devais pas me passer des choses de la vie. Je savais que c'était important pour elle. Elle m'a confectionné une robe rose et bouffante, et j'ai essayé la chose pour qu'elle l'ajuste bien.

Un garçon de l'école m'a demandé s'il pouvait m'emmener au bal. Il s'appelait James. J'ai pensé qu'il était correct, j'imagine. Il s'asseyait à côté de moi dans les cours que nous avions ensemble. Je ne savais pas pourquoi. Il y avait d'autres places libres. Il dessinait des hélicoptères dans le coin de mes cahiers. Quand je lui ai demandé pourquoi il faisait ça, il a répondu :

— Pour qu'on s'envole ensemble.

Je les effaçais ou les biffais. Quand il pleuvait dehors, il se tournait vers moi et disait :

— Il pleut, comme si c'était quelque chose d'important dans sa vie, de voir qu'il pleuvait et d'avoir quelqu'un à qui en parler.

Il me tournait autour parce que nous étions jumelés pour le module parental en économie familiale. Je ne voulais être la partenaire de personne. Je voulais élever seule l'œuf qu'on nous avait donné, mais James a dit :

— Je ne vais pas te laisser l'élever seule.

Je n'ai pas refusé parce que ça donnait plus de points, de travailler à deux. Ça m'allait. Ce n'était qu'un œuf, rien de plus.

Quand James est venu à la maison travailler sur notre devoir après l'école, il a parlé à ma mère. Elle l'a bien aimé parce qu'il ressemblait un peu à Elvis. Je ne voulais pas qu'elle s'attache trop à lui. Je ne voulais pas qu'il lui brise le cœur. J'ai tenté d'amener James à laisser tomber le devoir. J'ai été négligente pendant les quelques heures que j'ai passées seule avec l'œuf, je l'ai même échappé par terre. J'ai pensé qu'après ça, James nous laisserait tomber, le devoir et moi, mais il a dit :

— C'était un accident. C'est le genre de choses qui arrive dans la vie.

Je ne voulais pas que James soit gentil avec moi. Je lui ai montré ma tenue de cueillette avec les taches gluantes dessus, mais il n'était pas dégoûté le moins du monde. Il a dit :

— C'est génial ! J'adorerais y aller avec toi un jour.

Je n'avais jamais rien entendu de tel. Quelqu'un d'autre que ma mère avait envie pour vrai d'aller cueillir des vers de terre.

Je voulais qu'il sache que ce n'était pas génial du tout. Qu'il voie que c'était un travail difficile qui exigeait de réelles compétences. James était tellement bon dans tout, je voulais le voir échouer à quelque chose. Le voir se débattre pour remplir une boîte, marcher sur les vers parce qu'il ne savait pas où les chercher, tirer trop fort et tenir leurs corps brisés dans ses paumes.

Je voulais qu'il se fasse engueuler quand il ne ramassait pas assez, que son gagne-pain dépende de quelque chose sur quoi il n'avait aucun contrôle : la météo.

Quand je me suis réveillée à une heure du matin le samedi suivant, James était déjà en train de prendre un café avec ma mère à la cuisine. Il portait un jean et un t-shirt bleu uni. Nous lui avons remis la boîte de conserve pleine de riz et il a dit :

— Cool ! J'ai trop hâte !

Nous nous sommes rendus à la ferme et il a bondi hors de la voiture. Ma mère a dit au fermier que le garçon avait demandé à venir, qu'il ne fallait pas se soucier de son salaire, il travaillerait gratuitement. L'idée a plu au fermier :

— Allez, viens. Voyons ce que tu sais faire.

James a mis la petite lampe sur sa tête et a commencé comme nous tous, mais il s'est révélé être comme ma mère. Il ramassait énormément pour un débutant, car c'est elle qui l'avait formé. Toutes les petites choses qu'elle avait mis des mois et des saisons à apprendre et à comprendre, elle les lui a données juste comme ça. Elle était là pour le guider. Et il cueillait avec enthousiasme parce que c'était comme ça qu'elle faisait, tirant sur les vers comme si c'était de l'or en barres.

Les hommes qui travaillaient au champ avaient été médecins, enseignants, agriculteurs sur leurs propres terres au Laos, comme ma mère. Aucun n'avait envisagé une vie passée tapi dans la terre douce, cherchant à tâtons des trucs sans visage dans la nuit, la merde de la terre. Et ils cueillaient comme tel. James n'avait jamais été autre chose qu'un enfant. James cueillait comme un homme libre.

Peu de temps après, James, à quatorze ans, est devenu notre patron. L'homme qui dirigeait l'entreprise voulait que quelqu'un d'autre prenne sa place, et comme James parlait si bien l'anglais, le poste lui revenait. L'homme était impressionné du fait que James ait accepté de travailler gratuitement au début. Un exemple à suivre pour nous tous.

J'ai regardé vers ma mère, mais je ne distinguais rien dans le noir. Je savais que ce que James avait obtenu était quelque chose qu'elle souhaitait pour elle-même. Elle aimait ce boulot, qu'elle exerçait depuis bien plus longtemps que James, mais absolument personne n'avait remarqué son travail. Et James ? Il était content d'avoir un emploi qui payait si bien. Il ne se demandait pas s'il le méritait ou non. Il avait quatorze ans et il était le patron.

Ma mère en avait désormais à dire sur James et sur le fait qu'il était devenu le patron pendant nos retours de la ferme. C'est là que tout sortait. Il ne rentrait plus avec nous. Elle disait se foutre de savoir comment il se rendait à la ferme ; ses parents le conduisaient probablement ou le fermier allait lui-même le chercher.

— Ils s'entraident comme ça, tu sais. Tu parles ! C'est moi qui ai ramené ce petit con, et il me pique mon boulot. Et puis merde. C'est un foutu gamin. Et ils nous accusent de leur voler leurs jobs. Tu sais quoi ? Ça aurait pu être mon boulot. Le mien ! Et il me l'a pris, merde. Il n'a même pas besoin de l'argent. Qu'est-ce qu'il peut bien vouloir acheter avec cet argent que ses parents ne peuvent lui payer ? J'ai quelqu'un à élever. Et pourquoi je m'énerve autant ? Ce n'est que la merde de la terre. La merde de la terre.

James s'est mis à modifier la façon de cueillir. Il disait que le riz était de la nourriture, qu'il ne fallait pas le gaspiller. On a remplacé le riz cru dans les boîtes de conserve par de la sciure de bois. Ma mère se faisait des échardes à s'y sécher les mains. Les coupures s'infectaient à cause de l'engrais dans le sol et les plaies empiraient.

Puis James a dit à ma mère qu'elle ne pouvait plus aller pieds nus. Elle devait maintenant porter tout l'équipement : les bottes et les gants en caoutchouc, le sac en plastique froissé avec des trous découpés pour la tête et les bras. Il a dit :

— C'est l'équipement. Vous devez le porter.

C'est ce qu'elle a fait, et le compte de sa cueillette a chuté.

Pour compenser son mauvais rendement, elle restait plus longtemps au champ. Elle s'est mise à oublier ce qu'elle faisait tout naturellement auparavant. Elle ne se mouvait plus avec la même facilité et le même amour, et les vers de terre la sentaient venir et se repliaient dans le sol, hors d'atteinte. J'ai vu son cœur se briser. Elle avait été la meilleure, mais ça n'avait pas d'importance. Ses mauvaises récoltes ne laissaient pas voir ce qui était arrivé à son travail ni comment il avait changé. Et pourtant, les chiffres permettaient de traiter un travailleur d'incompétent ou de paresseux. Deux choses que ma mère, je le savais, n'était pas.

Le soir du bal de l'école est arrivé. James avait fait sa première cueillette à peine quelques semaines plus tôt, mais c'était comme si ça faisait toute une vie. Tant de choses avaient changé et j'étais déroutée. Je connaissais James le patron à la ferme, et je connaissais James le garçon de quatorze ans avec qui j'allais à l'école. Deux personnes différentes. Au travail, j'épiais sa froideur nouvelle, attendant qu'elle se change en autre chose, comme on attend d'être aimé, d'être reconnu comme quelqu'un à aimer. Je n'ai pas épié ce visage trop longtemps, car je n'aimais pas ce que je voyais, et peut-être que ce que je voulais voir n'avait jamais été là.

Le soir du bal, ma mère a mis sur mon lit la robe rose que je devais porter. Elle serait sortie quand il arriverait. Elle serait à une soirée de cartes.

— Je ne vais pas te dire ce que tu dois faire, comment vivre ta vie, a-t-elle dit. Vas-y, si tu veux aller avec lui au bal de l'école.

Mais je ne veux pas être là quand il arrivera. Tu sais comment je me sens par rapport à ça. Je ne peux pas être gentille. Ce n'est pas moi. Mais toi, tu as une chance dans cette vie. Ramasse tes vers et quitte la ville. Sois gentille.

James est arrivé seul. Il était vêtu d'un smoking noir, les cheveux lissés vers l'arrière, et portait des chaussures noires qui claquaient sur le bitume. Il avait, dans la main, un truc rose qui pendouillait. Une fleur.

J'avais éteint toutes les lumières. On aurait dit qu'il n'y avait personne à la maison. Le réverbère faisait comme un projecteur. Je voyais la pelouse avant et quand il est entré dans la lumière, j'ai aperçu son visage en entier. Petit au début, puis de plus en plus grand, son front bombant vers l'avant.

Il a sonné. Puis sonné à nouveau. Quand, après quelques minutes, je n'avais toujours pas ouvert, il s'est mis à frapper sur la porte et à se débattre avec la poignée, mais c'était fermé à clé. Il s'est tiré les cheveux, qui sont devenus dépeignés, ébouriffés, ahuris. J'ai tout vu, de l'autre côté de la porte, dans l'obscurité, l'observant par le cercle doré du judas. Je n'ai rien fait. Même pas quand je l'ai entendu sangloter. J'ai posé un doigt sur le judas et je l'ai laissé là. Je ne voulais pas qu'il voie mon œil ouvert.

REMERCIEMENTS

Merci à Sarah Bowlin, d'Aevitas Creative Management, pour son brio, son talent et son enthousiasme, sans elle, ce livre ne serait pas. Merci à Véronique Lessard pour sa traduction française. Merci à Sheila Heti, Helen Oyeyemi, Diane Williams, Madeleine Thien, Hasan Altaf, Usama Mehboob, Jean Garnett de Little, Brown. Merci à Anita Chong de McClelland & Stewart, pour sa joie, son dynamisme et sa logique, et à Angelique Tran Van Sang de Bloomsbury.

Ma gratitude aux éditeurs de Mémoire d'encrier Rodney Saint-Éloi et Yara El-Ghadban, ainsi qu'à l'artiste Thao Nguyen Phan dont l'œuvre est utilisée pour la couverture.

Merci à Lauren Harms, Craig Young, Alyssa Persons, Ira Boudah, Jared Bland, Erin Kelly, Ruta Liormonas, Beth Follett, Kulap Vilaysack, James Tang, Vinh Nguyen, Aaron Peck, Doretta Lau, Anna Ling Kaye, Bryan Thao Worra, Andy et Naomi DuBois, Andrew DuBois, Randy Travis, John Thammavongsa, Sisouvanh Thammavongsa, Phouk Thammavongsa.

Merci au Conseil des arts du Canada, aux programmes Writers' Works in Progress et Writers' Reserve du Conseil des arts de l'Ontario, et au programme writer-in-residence de l'Université d'Ottawa. Merci aussi à l'Université de Guelph et à l'Université Wilfrid Laurier.

TABLE DES MATIÈRES

DANS LA MÊME COLLECTION

Gouverneurs de la rosée, Jacques Roumain
Nègre blanc, Jean-Marc Pasquet
Trilogie tropicale, Raphaël Confiant
Brisants, Max Jeanne
Une aiguille nue, Nuruddin Farah
Mémoire errante (coédition avec Remue-Ménage), J.J. Dominique
Dessalines, Guy Poitry
Litanie pour le Nègre fondamental, Jean Bernabé
L'allée des soupirs, Raphaël Confiant
Je ne suis pas Jack Kérouac (coédition avec Fédérop), Jean-Paul Loubes
Saison de porcs, Gary Victor
Traversée de l'Amérique dans les yeux d'un papillon, Laure Morali
Les immortelles, Makenzy Orcel
Le reste du temps, Emmelie Prophète
L'amour au temps des mimosas, Nadia Ghalem
La dot de Sara (coédition avec Remue-Ménage), Marie-Célie Agnant
L'ombre de l'olivier, Yara El-Ghadban
Kuessipan, Naomi Fontaine
Cora Geffrard, Michel Soukar
Les latrines, Makenzy Orcel
Vers l'Ouest, Mahigan Lepage
Soro, Gary Victor
Les tiens, Claude-Andrée L'Espérance
L'invention de la tribu, Catherine-Lune Grayson
Détour par First Avenue, Myrtelle Devilmé
Éloge des ténèbres, Verly Dabel
Impasse Dignité, Emmelie Prophète
La prison des jours, Michel Soukar
Coulées, Mahigan Lepage

Maudite éducation, Gary Victor

Je ne savais pas que la vie serait si longue après la mort, collectif dirigé par Gary Victor

Jeune fille vue de dos, Céline Nannini

L'amant du lac, Virginia Pésémapéo Bordeleau

La nuit de l'Imoko, Boubacar Boris Diop

Les chants incomplets, Miguel Duplan

La dernière nuit de Cincinnatus Leconte, Michel Soukar

Cures et châtiments, Gary Victor

Des vies cassées, H. Nigel Thomas (traduit par Alexie Doucet)

Le testament des solitudes, Emmelie Prophète

Première nuit : une anthologie du désir, collectif dirigé par Léonora Miano

La maison des épices, Nafissatou Dia Diouf

L'enfant hiver, Virginia Pésémapéo Bordeleau

Quartz, Joanne Rochette

Fuites mineures, Mahigan Lepage

Les brasseurs de la ville, Evains Wêche

Le vieux canapé bleu, Seymour Mayne

Volcaniques : une anthologie du plaisir, collectif dirigé par Léonora Miano

Le bout du monde est une fenêtre, Emmelie Prophète

Manhattan Blues, Jean-Claude Charles

Le parfum de Nour, Yara El-Ghadban

Le jour de l'émancipation, Wayne Grady (traduit par Caroline Lavoie)

Le petit caillou de la mémoire, Monique Durand

Bamboola Bamboche, Jean-Claude Charles

Nuit albinos, Gary Victor

Le bar des Amériques, Alfred Alexandre

De glace et d'ombre, H. Nigel Thomas (traduit par Christophe Bernard et Yara El-Ghadban)

Le testament de nos corps, Catherine-Lune Grayson

La femme tombée du ciel, Thomas King (traduit par Caroline Lavoie)

Sans capote ni kalachnikov, Blaise Ndala

Adel, l'apprenti migrateur, Salah El Khalfa Beddiari

Phototaxie, Olivia Tapiero

Écorchées vivantes, collectif dirigé par Martine Fidèle

Manikanetish, Naomi Fontaine

Sainte dérive des cochons, Jean-Claude Charles

160 rue Saint-Viateur Ouest, Magali Sauves

Masi, Gary Victor

Je suis Ariel Sharon, Yara El-Ghadban

Cartographie de l'amour décolonial, Leanne Betasamosake Simpson (traduit par Arianne Des Rochers et Natasha Kanapé Fontaine)

Le rossignol t'empêche de dormir, Steven Heighton (traduit par Caroline Lavoie)

Le chant de Corbeau, Lee Maracle (traduit par Joanie Demers)

Les enfants du printemps, Wallace Thurman (traduit par Daniel Grenier).

Ben Aïcha, Kebir Ammi

La balançoire de jasmin, Ahmad Danny Ramadan (traduit par Caroline Lavoie)

Jonny Appleseed, Joshua Whitehead (traduit par Arianne Des Rochers)

Débutants, Catherine Blondeau

Tireur embusqué, Jean-Pierre Gorkynian

On se perd toujours par accident, Leanne Betasamosake Simpson (traduit par Arianne Des Rochers et Natasha Kanapé Fontaine)

Boat-People, Sharon Bala (traduit par Marc Charron et Véronique Lessard)

Ayiti, Roxane Gay (traduit par Stanley Péan)

Balai de sorcière, Lawrence Scott, (traduit par Christine Pagnoulle)

Laisse folie courir, Gerda Cadostin

Les villages de Dieu, Emmelie Prophète

Dans le ventre du Congo, Blaise Ndala

Annie Muktuk et autres histoires, Norma Dunning (traduit par Daniel Grenier)

Mémoire d'encrier reconnaît l'aide financière
du Gouvernement du Canada
par l'entremise du Conseil des Arts du Canada,
du Fonds du livre du Canada
et du Gouvernement du Québec
par le Programme de crédit d'impôt pour l'édition
de livres, Gestion Sodec.

Mémoire d'encrier reconnaît également l'aide financière du Gouvernement du Canada par l'entremise du Programme national de traduction pour l'édition du livre, initiative de la Feuille de route pour les langues officielles du Canada 2013-2018 : éducation, immigration, communautés, pour ses activités de traduction.

Mémoire d'encrier est diffusée et distribuée par :
Harmonia Mundi livre : Europe
Diffusion Gallimard : Canada
Communication Plus : Haïti

Dépôt légal : 1er trimestre 2021

Édition originale : *How to Pronounce Knife,* Little, Brown and Company, New York.

ISBN 978-2-89712-764-0
LCC PS8589.H3457 H6814 2021 | CDD C813/.6—dc23

Image de couverture : Thao Nguyen Phan
(extrait tiré de *Becoming Alluvium*, 2019 - en cours,
vidéo monobande en couleur, dimensions variables, 16 min 40 s.)
© Thao Nguyen Phan / Galerie Zink Waldkirchen

Édition : Yara El-Ghadban, Marc Charron et Rodney Saint-Éloi
Traduction : Véronique Lessard
Correction : Monique Moisan
Mise en page : Virginie Turcotte
Maquette de couverture : Étienne Bienvenu

MÉMOIRE D'ENCRIER

1260, rue Bélanger, bur. 201 • Montréal • Québec • H2S 1H9
Tél. : 514 989 1491
info@memoiredencrier.com • www.memoiredencrier.com

L'OUVRAGE *LE* K *NE SE PRONONCE PAS*
DE SOUVANKHAM THAMMAVONGSA
EST COMPOSÉ EN ADOBE GARAMOND PRO 11,5/13,5.
IL EST IMPRIMÉ EN FRANCE
SUR DU PAPIER ISSU DE FORÊTS DURABLEMENT GÉRÉES
ET DE SOURCES CONTRÔLÉES
EN AVRIL 2021
PAR CPI FIRMIN DIDOT (163784)
POUR LE COMPTE
DES ÉDITIONS MÉMOIRE D'ENCRIER.